# Une vie en Indochine
## 1945-1965

*Autobiographie romancée*

Jean Chaland

# Une vie en Indochine

## 1945-1965

*Autobiographie romancée*

© L'Harmattan, 2010
5-7, rue de l'Ecole polytechnique ; 75005 Paris

http://www.librairieharmattan.com
diffusion.harmattan@wanadoo.fr
harmattan1@wanadoo.fr

ISBN : 978-2-296-13323-5
EAN : 9782296133235

*C'est toujours par hasard qu'on accomplit son destin.*
*Marcel Achard*

*Le hasard gouverne un peu plus de la moitié de nos actions et nous dirigeons le reste.*
*Nicolas Machiavel*

*Prologue*

Le Japon, après une longue période d'isolement, il n'était connu que de quelques marchands chinois et hollandais tolérés dans le port de Nagasaki, ne s'est vraiment ouvert au commerce de l'occident qu'au milieu du 19ème siècle.
Il passe très vite du Moyen Âge à l'époque moderne.
Avec le rétablissement de l'autorité impériale, grâce à l'appui des Samouraïs, il devient rapidement une puissance avec laquelle il faut désormais compter.
A l'exemple des nations européennes, il va se créer un empire colonial aux dépens de ses voisins immédiats.
Après une première guerre avec la Chine en 1894, il étend son influence sur la Corée, obtient l'île de Formose et l'archipel des Pescadores, puis plante des jalons en Mandchourie.
La Russie s'opposant aux visées impérialistes du Japon, une guerre avec l'empire des Tsars le consacre : chute de Port Arthur en janvier 1904 et destruction de la flotte russe au large des îles Tsushima en mai 1905.
Cette éclatante victoire est une étape capitale en Asie.
Le Japon donnait la preuve que les puissances occidentales n'étaient pas invincibles.
Dévoré d'ambition, il va alors se lancer dans des entreprises de plus en plus audacieuses et risquées.
Il s'empare, durant la première Grande Guerre mondiale, des possessions allemandes en Chine, notamment la base navale de TsingTao et celles du pacifique.
En 1932, il s'installe en Mandchourie en créant le Mandchoukouo avec Puyi le dernier empereur de Chine.
En juillet 1937 il se lance dans une deuxième guerre avec la Chine.
Il occupe alors assez facilement une grande partie du territoire chinois et se retrouve au Kouang-Si à la frontière du Tonkin.

Par sa situation géographique au cœur du sud-est asiatique, la péninsule indochinoise présentait une importance capitale pour un Japon en guerre avec ses visées impérialistes d'une "Sphère de coprospérité de la Grande Asie Orientale."

Il attend donc patiemment que la France ait un genou à terre pour obtenir, facilement dans un premier temps, par la voie diplomatique, dès juin 1940, puis en septembre après l'attaque surprise des postes de Dong Dang et de Langson, la fermeture de toute la frontière sino-tonkinoise, voie principale du ravitaillement, via le port de Haiphong et le chemin de fer du Yunnan, des troupes nationalistes de Tchang Kai Chek repliées à Tchong-King.

Il s'installe dès lors progressivement dans toute l'Indochine en respectant toutefois la souveraineté française, après avoir obtenu l'utilisation de plusieurs aéroports dont celui de Gia Lam au Tonkin et le transit de ses troupes.

Sa présence sur le sol indochinois prendra fin après son coup de poignard du 9 mars et sa capitulation en août 1945.

L'auteur, qui est né à Shanghai, où il a passé une grande partie de sa jeunesse, a vécu en Indochine plusieurs années (notamment de 1939 à 1947).

*Une vie en Indochine 1945/1965,* s'inspire davantage de ses mémoires que d'une fiction.

Il n'a pas voulu écrire une nouvelle histoire de la guerre d'Indochine, ni faire un récit militaire, il a préféré une histoire romancée.

Pierre Malroy, le héros de ce roman d'essence autobiographique, est un composé de plusieurs personnes que l'auteur a connues et qui ont vécu intensément et avec passion, comme lui, cette période funeste de l'histoire coloniale de la France.

Pierre Malroy échappant à la débâcle de l'armée française après la "drôle de guerre" se retrouve en Indochine occupée par les Japonais.

Il mène, partagé entre deux civilisations, une vie insouciante et heureuse.

Après le coup de force des Japonais du 9 mars 1945, il fera l'humiliante et cruelle expérience des camps de la mort.

Les Japonais ne l'avaient pas tué mais ils avaient tué le jeune homme naïf et candide qu'il avait été.

Avec un regard lucide sur l'avilissement des uns et la noblesse des autres, après Simone, avec Odile son grand amour et la douce Michèle, il se reconstruira une nouvelle vie, mais gardera au plus profond de son être ce pays perdu, où il a laissé une partie de son cœur et qu'il a beaucoup aimé.

Les anciens d'Indochine retrouveront, après avoir lu ce livre, une page d'histoire enfouie dans leur mémoire et retiendront que l'Indochine n'a pas été perdue après huit ans de guerre mais a été perdue le 9 mars 1945 après une nuit tragique où son destin a basculé.

*Jean Chaland*
*Neuvic, Juillet 2010.*

# Chapitre 1

Hanoï, à la veille du coup de force japonais.
Pierre Malroy et Simone.
La nuit du 9 mars 1945.

A l'aube du 7 mars 1945, Pierre Malroy dormait profondément.
Il ne se doutait pas qu'il allait devoir affronter, dans les quarante-huit heures suivantes, des journées épuisantes et d'éprouvantes nuits sans sommeil.
Pour l'instant il se reposait, douillettement enfoui dans son lit. Dehors le crachin avait cessé.
L'hôtel, où il habitait depuis plusieurs mois, restait cependant enveloppé d'une brume épaisse, froide et humide.
Des ombres, premiers signes de vie de la journée qui s'annonçait, frileusement recroquevillées sur elles-mêmes, une cape de feuilles de lataniers tressées sur les épaules, passaient rapidement, sans bruit, pour disparaître dans l'aube jaune et triste.
Le crachin était tombé toute la nuit. Pesant, sale, insidieux, pénétrant et tenace comme la glu.
Poissant tout. Désagréable, déprimant... à vous saper le moral.
Le jour se levait comme à regret. Le silence était total.

Soudain, le clairon du quartier de la Légion étrangère situé à proximité déchira l'air de ses notes stridentes. La célèbre sonnerie du *Soldat lève-toi bien vite...* le fit sursauter.
Ah, non ! Vraiment il détestait ce genre de réveil. Il n'avait jamais pu s'y habituer.
Ce jeune sybarite aimait à paresser au lit et se lever lui était à chaque fois un véritable supplice. D'habitude, sa bonne humeur coutumière reprenait vite le dessus. Par contre, aujourd'hui, debout devant son miroir, maniant rageusement son blaireau, il continuait à maugréer.
Une manœuvre était prévue pour la nuit suivante.
Simone ne viendrait donc pas le retrouver. Délicieuse Simone qui n'hésitait pas à franchir par ces temps incertains les quarante kilomètres qui les séparaient, pour venir le rejoindre chaque fin de semaine au Centre d'Instruction des Recrues

Européennes de Tong, où il se trouvait momentanément détaché.

Il avait fait sa connaissance à La *Pagode* sur les bords du petit lac, où la jeunesse d'Hanoï avait l'habitude de se réunir. Il régnait dans ce salon de thé une atmosphère beaucoup plus libre qu'au Cercle Sportif guindé et snob.

Cette jeune métisse l'avait immédiatement séduit.
Grande, mince, provocante, il se dégageait d'elle une sensualité qui ne le laissait pas insensible. Elle devint très vite sa maîtresse.

Elle lui apportait avec sa joie de vivre, sa spontanéité et ses rires d'enfant, chaque week-end, un bonheur qu'il savourait voluptueusement. Simone était belle. Ils étaient jeunes, et leur amour ardent. Leurs étreintes enfiévrées.
Le reste du temps, il vivait seul, absorbé par son métier. Métier d'autant plus facile que les recrues, après leur dur apprentissage à Cha-Pa[1], au pied du Fan Si Pan[2] étaient dociles et bien dressées.

Sa qualité d'officier lui procurait de nombreuses satisfactions, notamment d'amour-propre. D'origine modeste, orphelin de bonne heure, il n'aurait pu, sans son grade, être admis dans ce qu'on appelait alors la bonne société.

Il existait dans ce Tonkin coupé du monde extérieur des préjugés bourgeois fortement enracinés, et les plus acharnés à les défendre étaient souvent ceux qui, de par leurs fonctions, jouissaient d'une position sociale qu'ils n'auraient jamais pu espérer en France.

---

[1] *Station climatique à 1500 m.*
[2] *Le Fan Si Pan culmine à 3142 m.*

Pierre n'était pas dupe, mais il jouait le jeu, car sa nature le poussait à séduire et à être adopté. Dans ce domaine il avait parfaitement réussi, et bien des mères de famille le couvaient d'un regard attendri et intéressé.

Brun, les yeux noirs, la taille au-dessus de la moyenne, il était bien fait de sa personne. Il plaisait. On le trouvait sympathique. Son intelligence vive et souple était plus intuitive qu'objective. La spontanéité de ses réactions et ses rapports avec ses semblables démontraient que son cœur l'emportait le plus souvent sur la raison. Il changeait facilement d'humeur. La nature de ses actes et les jugements qu'il portait dépendaient souvent, trop souvent, de l'émotion du moment.

Charmer son entourage l'incitait à rechercher et quelquefois même à créer des situations qui lui permettaient de briller. Mais le contentement qu'il pouvait en attendre risquait à tout moment d'être atténué par la simple idée que l'on puisse critiquer son comportement. Il savait intelligemment se montrer de mauvaise foi et de parti pris. Il l'admettait volontiers avec ses intimes et la discussion se terminait alors dans une bonne humeur générale.

Le rire lui était familier, ainsi que les divertissements qu'il affectionnait particulièrement. Ce désir de la satisfaction, son goût du confort, ne facilitaient pas toujours la bonne gestion de son budget, bien qu'il ne lui arrivât, en aucune façon, d'être à court d'argent. Il n'empruntait jamais ; en revanche il ne savait pas refuser une avance à un ami provisoirement démuni. C'était le contraire d'un Harpagon. Au mess, il avait la cassette généreuse.

Il possédait le goût de l'imprévu, et éprouvait le besoin de renouveler ses expériences surtout dans le domaine affectif et, sur ce plan-là, il surmontait assez facilement ses déceptions.

N'aimant pas se soumettre aux principes et préférant parfois même faire ce qu'il lui plaisait, il avait tendance à négliger, à écarter de ses préoccupations, tout ce qui semblait lui être imposé.
Il souhaitait généralement obtenir des résultats immédiatement. Il était impatient, et souvent un certain manque de persévérance ne favorisait pas la réussite de ses entreprises. Il ressentait alors une sorte de découragement et pouvait, pour un temps très court, sombrer dans un état de nihilisme profond.

Pour l'heure, sa nouvelle et récente liaison avec Simone l'avait transfiguré. Il traversait une période heureuse et son dynamisme et son optimisme naturels se manifestaient sans réserve.
Ce qui le rendait encore plus sympathique.

Madame Bellemont, dont le mari occupait un emploi modeste dans l'administration, s'était juré qu'il deviendrait son gendre.
Sa fille Geneviève était jolie, blonde, rieuse, avec des fossettes qui lui donnaient un petit air espiègle, mais elle était trop bien élevée, trop bien couvée, et Pierre n'aimait pas les oies blanches.
Mieux, il les craignait.

C'est pourquoi, farouchement jaloux de son indépendance, il manœuvrait, allant jusqu'à faire la cour à Geneviève pour plaire à Madame Bellemont dont il redoutait les piques, tout en prenant cependant bien garde de ne pas sombrer dans ses filets.
On ne lui ferait pas le coup du canapé.
Il jouissait d'un confort relatif, il n'avait besoin de rien, se contentait de peu, ne convoitait rien, et était heureux de vivre. Ses vingt-cinq ans lui donnaient une certitude de pérennité, et si comme l'affirmait un colonel d'un roman célèbre " *La vie*

*du soldat est une vie très rude, parfois mêlée de réels dangers...*"[1] il ne s'en était pas encore aperçu.
Pourtant le monde entier était en guerre.

En Europe, l'Allemagne était systématiquement et méthodiquement détruite chaque jour par des bombardements incessants.

En Asie, les Japonais, talonnés par les Américains, devenaient nerveux et inquiets. Cependant, ils tenaient, encore fermement à l'aube de ce 7 mars 1945, l'Indochine française sous leur contrôle.

Dans la capitale fédérale, une partie de l'état-major français, à l'insu du gouverneur général, complotait et échafaudait de nombreux plans offensifs et défensifs, tous plus audacieux les uns que les autres.
Les directives venaient de l'extérieur.

Il était grand temps et le moment opportun, pensait-on dans le cercle intime du général commandant en chef, de se débarrasser enfin de l'envahisseur nippon qui s'était imposé par la force et foulait le sol de cette seconde patrie depuis quatre trop longues années.
La résistance civile s'organisait également. Malheureusement, des maladresses, des imprudences insensées avaient été commises. De jeunes inconscients, fiers de leur importance, exhibaient sous le couvert du manteau, pour épater la galerie, des pistolets-mitrailleurs et des armes de tous calibres. Certains se rendaient à *La Pagode* avec un revolver sous la chemise ou à la ceinture.
Du mauvais western.

---

[1] *André Maurois : Les silences du colonel Bramble.*

D'autres indiscrétions, beaucoup plus graves, plus sérieuses, avaient permis aux services du contre-espionnage japonais de suivre le développement de ces activités secrètes.

Les Japonais, bien informés, savaient donc à quoi s'en tenir. Ils ne s'étaient d'ailleurs jamais fait d'illusion sur la soi-disant collaboration française, qui en vérité n'avait jamais réellement existé. Il n'y a pas eu de traîtres ou de collaborateurs français notoires en Indochine.

Pour ces raisons, et d'autres plus politiques, ils préparaient soigneusement et secrètement leur coup de force.
Pierre Malroy avait naturellement entendu parler, comme tout le monde, mais très vaguement, des plans offensifs et défensifs de l'état-major français.
Le dernier en date au Tonkin consistait, semblait-il, à abandonner dans un premier temps les villes du delta aux Japonais pour se réfugier dans la région montagneuse où des caches d'armes avaient été constituées à la suite de parachutages effectués par les bases alliées de Kunming et de Calcutta. Pierre n'avait pas été pressenti pour participer à ce genre d'opération, mais un de ses camarades mis dans le coup lui en avait parlé.
Le plan prévoyait ensuite un harcèlement de l'ennemi en prenant appui sur la frontière chinoise, amie et alliée, dans l'attente d'un débarquement libérateur.

Car d'aucuns croyaient fermement à une venue des Américains sur les côtes d'Annam, dans la région de Vinh notamment, ou plus au nord sur les plages de Sam Son.

On disait aussi que la baie d'Along terrestre, dans le Thanh Hoa, avec ses rochers percés de grottes, était une base idéale, et pouvait offrir de nombreux refuges, cette bande de terre

présentant les mêmes particularités que la prestigieuse baie d'Along, la mer en moins.
On disait beaucoup de choses et n'importe quoi... les rumeurs les plus fantaisistes circulaient semant chez beaucoup le doute, l'angoisse et la crainte.

Pierre, toujours maussade, son café noir brûlant et amer rapidement avalé, quitta aussitôt l'hôtel pour se rendre à pied vers les longs bâtiments jaune et ocre à vérandas qui abritaient les jeunes recrues.
Le crachin s'était remis à tomber, poissant encore tout, ce qui le rendit encore plus maussade. Il était en retard. Comme toujours.
Henri, en survêtement, déjà sur place, s'activait et se donnait beaucoup de mal pour rassembler dans la cour le *Troupeau*, comme il l'appelait affectueusement, et l'entraîner au pas de course en direction des rizières et des *Trois Mamelles*[1] pour un cross-country d'une heure.
Brun, petit, trapu, les cheveux en brosse et le nez écrasé, avec son air bon enfant et rieur, il attirait toutes les sympathies.

Pierre l'aimait comme un frère.
Issu d'un père chinois et d'une mère française, Henri était né à Shanghai.
C'était pour lui la plus belle ville du monde. La concession française, très bien administrée, était, selon lui, un modèle du genre.
Il était intarissable. Il en parlait, sans cesse, avec beaucoup d'enthousiasme et d'émotion. Il en rêvait et souhaitait y retourner aussitôt après la fin de la guerre.

---

[1] *Hautes collines à proximité de Tong.*

– Pierre, lorsque cette guerre sera terminée, il faudra que tu viennes à Shanghai avec moi.
– Pourquoi pas, répondit Pierre, pour lui faire plaisir.
Cette réponse déclencha une longue tirade.
– Tu verras... Comme je te l'ai déjà dit, la vie à Shanghai était facile. Il est vrai que nous étions des enfants plutôt privilégiés.
« Le Collège Municipal, le Cercle Sportif avec sa piscine olympique et ses très nombreux courts de tennis, appelé le French Club, beaucoup d'étrangers et de riches chinois le fréquentaient, l'A.S.F. (l'Association Sportive Française) et sa célèbre équipe de football, le Cercle Français de la route Vallon, constituaient tout notre univers. Le Cercle Sportif était mon endroit préféré, à moins de deux cents mètres de chez moi, il possédait une salle de réception immense où était organisé, avec éclat, une fois par an, le bal des provinces françaises... en hiver la piscine était recouverte de planches, nous y disputions des matches de badminton.
« Nous avions un très beau collège avec un magnifique terrain gazonné. Monsieur Kelly, notre très sympathique professeur d'éducation physique nous avait donné la passion du football, je jouais avant-centre... c'était un Irlandais francophone, sec comme un pied de vigne, sans doute buvait-il beaucoup de whisky, la peau de son cou était aussi rouge que celle d'un dindon. Nous avons toujours défendu honnêtement les couleurs du collège, nous avons même été, une année, champion scolaire en éliminant la redoutable équipe de l'école Saint François Xavier, située dans la concession internationale... match mémorable qui s'est joué sur un des terrains de sport du Race Course, le fameux Champ de courses de Shanghai, fréquenté par un nombreux public et...
– Interdit aux Chinois, coupa Pierre.
– Mais non, qui t'a dit cela ! Les Chinois sont joueurs.

Ils fréquentaient également le Canidrome[1] et le Jai-Alaï[2]. Mais c'est vrai qu'il existait à l'intérieur des bâtiments du Race Course un club très privé avec à l'entrée l'inscription :
" No Chinese and no dogs allowed "
– Inscription raciste regrettable, souligna Pierre indigné.
– Tu as raison. C'était, le moins que l'on puisse dire, stupide, irréfléchi et maladroit. Un domestique chinois a sans doute placé cette pancarte, risqua Henri en plaisantant.
– Soyons sérieux, répliqua Pierre.
– D'accord, cette inscription inconvenante est à l'origine du supposé racisme affiché par tous les Européens. Elle a servi de symbole pour le démontrer. Tu n'ignores pas que de nombreux clubs privés de par le monde se comportent souvent de la sorte pour écarter les postulants qu'ils ne souhaitent pas accueillir. Sais-tu qu'à Tokyo à la porte de certains bars tu peux lire : « Japanese only ».
Beaucoup de sottises ont été proférées sur les rapports entre étrangers et Chinois. Il a même été écrit que des écriteaux étaient placés aux entrées de la concession française avec l'inscription :
" Interdit aux chiens et aux Chinois "
Quelle ânerie !
Nous aurions été bien seuls n'étant que quatre mille Français au milieu de cette fourmilière...au collège un de mes meilleurs amis était Chinois, comme moi !
Si racisme il y avait, il ne devait pas être à sens unique. Personnellement je ne l'ai jamais constaté. Cela dit, il est certain que le racisme existe, mais encore faut-il bien le localiser et ne pas utiliser ce mot à tort et à travers...

---

[1] *Canidrome : Nom donné au cynodrome (piste sur laquelle se disputent des courses de lévriers).*
[2] *Jai-Alaï : Pelote basque à grand chistera. Le parterre où évoluaient les joueurs était limité par des murs sur trois côtés. Le 4ième côté était occupé par les spectateurs protégés par un grillage.*

Mais revenons à mon collège, nous étions une petite vingtaine par classe, garçons et filles, de toutes origines, une mixité placée sous le signe de l'égalité et de l'amitié. Nous aimions et étions fiers de notre collège. Nos relations avec les profs étaient ouvertes, sincères et bienveillantes. Ils savaient se faire respecter. On ne chahutait pas en classe... nous avions cependant l'occasion de les critiquer ou plutôt de les caricaturer une fois par an lors de la Saint Charlemagne. Cette fête se situait au mois de janvier.
Un après-midi récréatif et un savoureux goûter étaient offerts aux élèves, le spectacle était organisé par les plus grands et se terminait par la revue des profs, pièce non censurée écrite en vers libre. Je faisais partie de ceux qui étaient sur scène. On présentait des pièces de Courteline, de Tristan Bernard, des comédies diverses, j'adorais jouer.
– Tu as manqué ta vocation, insinua Pierre en souriant.
– Peut-être, le cinéma aussi me passionnait. Les salles étaient luxueuses, climatisées, j'ai vu tous les films de la grande période d'Hollywood, des films formidables, merveilleux comme *Autant en emporte le vent* en 1939 avant de quitter Shanghai. Les films français étaient rares *Trois de Saint Cyr, Le Golgotha, La crise est finie, La Coqueluche de Paris* avec Danièle Darrieux dont j'étais très amoureux...
Ce souvenir émouvant le rendit soudain muet.

Cette période heureuse, dans cet univers clos en dehors du monde qui était le sien, allait être bouleversée par la folie des hommes et son paradis disparaître. La guerre, commencée en septembre 39 en Europe, devait très vite s'étendre dans toute l'Asie.

Alors qu'Henri venait, ses études secondaires terminées, de s'inscrire à l'Aurore, la prestigieuse université des Jésuites, pour y suivre les cours de droit, l'appel du général de Gaulle l'ébranla.

L'aventure le tentait. Il prit directement contact avec les Anglais.

Ces Anglais avaient ouvert un bureau de recrutement sur le *Bund*, dont le but était d'acheminer, dans un premier temps vers l'Egypte, via Hongkong, les Français qui souhaitaient rejoindre la France libre. Malheureusement pour lui, son père, informé par celui qui, dans la concession française, recrutait les volontaires pour le compte des Anglais, l'empêcha de mettre son projet à exécution.

Furieux et dépité il obtint cependant l'autorisation paternelle de s'engager pour la durée de la guerre et c'est ainsi que les autorités consulaires et municipales restées fidèles au gouvernement de Vichy l'expédièrent en Indochine et non à Londres.

Après avoir suivi avec succès les cours d'E.O.R. à Tong, nommé Aspirant de réserve, il se retrouva sur place, avec Pierre, instructeur des nouvelles recrues.

Reprenant ses esprits après cette longue et touchante évocation, Henri s'étant assuré que tout son monde, qui attendait patiemment le signal du départ, était bien présent et bien aligné dans la cour devant le bâtiment principal, ordonna :
– En colonne par trois. Garde-à-vous. Pas de gymnastique, direction la sortie.

Après le départ de la troupe, allumant sa première *cotab*[1], Pierre se réfugia près de l'unique poêle à demi éteint, dans le bureau du capitaine encore absent pour savourer sa cigarette et prendre connaissance des derniers détails du thème de la manœuvre de nuit prévue.

Comme engourdi, il n'arrivait pas à fixer son attention.

Le temps y était sûrement pour quelque chose.

---

[1] *Cotab : marque de cigarette, aussi connue que les gauloises.*

Il tenta d'appeler Simone au téléphone, en vain.
La ligne ne fonctionnait pas.
Une étrange sensation l'envahit. Il lui apparut soudain que ce qu'il faisait ne servait à rien.
Qu'il perdait son temps.
D'importants et graves évènements se préparaient, il le pressentait confusément, mais quoi...il n'en savait rien.
Pour se secouer, il sortit reprendre un café et regagna, toujours à pied, l'hôtel tout près. Puis la journée s'étira sans incident notable. La manœuvre de nuit, commencée à vingt heures, se termina dans la plus grande confusion le lendemain matin à trois heures.
Les légionnaires figurant l'ennemi s'étaient, à l'assaut final, beaucoup amusés à effrayer les jeunes *bécons*[1] comme ils appelaient les recrues, en les attaquant, baïonnette au canon, et en hurlant à la japonaise comme des possédés.

Il fallut, avant de rentrer au camp, l'énergique intervention du capitaine Manelli pour retrouver et libérer deux jeunes soldats que les légionnaires voulaient embarquer avec eux dans leurs cantonnements comme prise de guerre.
Le lendemain l'impitoyable sonnerie le réveilla à six heures précises.
Écrasé de fatigue, il n'avait dormi que deux heures à peine, Pierre se retourna dans son lit avec la ferme intention de se rendormir. Mais, très vite son sens du devoir reprenant le dessus, il se leva d'un bond, se rasa et se doucha à l'eau glacée pour retrouver la forme.
Il avait la responsabilité du camp.
Le capitaine Manelli lui avait dit quelques heures plus tôt qu'il ne viendrait pas aujourd'hui.

---

[1] *Becons : en vietnamien ! Jeunes garçons. Se prononce Béconne.*

Des affaires à régler à Hanoi. Le café noir et brûlant avalé d'un seul trait lui remonta le moral et chassa complètement sa fatigue.
Aussi, c'est d'un pas alerte qu'il se dirigea vers le camp d'instruction.

Dans le courant de la matinée un coup de téléphone de Manelli l'informa qu'un exercice d'alerte était prévu pour le soir même, et qu'il devait rejoindre immédiatement son unité. Elle stationnait dans un gros village situé à une dizaine de kilomètres de Tong.

Le troisième bataillon, du 4ème Régiment de Tirailleurs Tonkinois sous les ordres du colonel Vicaire basé à Nam Dinh, campait effectivement depuis plusieurs mois à Song Dong. Il avait été placé là pour couper, en cas d'attaque, la route aux Japonais basés à Xuan Mai et permettre aux troupes et à la garnison de Tong de se replier vers le nord en direction de la frontière chinoise.
Pierre fut tout heureux de retrouver son commandant de compagnie, pour lequel il éprouvait une grande admiration, ainsi que son vieil ami Le van Quat.
Il fut convié à assister dans l'après-midi au briefing du chef de bataillon qui annonça à tous les officiers réunis qu'il s'agissait en fait non pas d'un exercice mais d'une véritable alerte.

Toutes les troupes étaient consignées. La nouvelle n'eut aucun effet particulier sur l'assistance. Ce n'était pas la première fois que les troupes étaient placées en état d'alerte.
L'attaque japonaise, maintes fois annoncée et redoutée, ne s'était jamais produite. Des rires fusèrent, des plaisanteries furent lancées mais le commandant ayant insisté sur la gravité des informations qu'il avait reçues le matin même d'Hanoi, l'atmosphère se tendit et les visages se firent plus graves.

On se sépara enfin pour aller prendre position sur les emplacements prévus.

La compagnie de Pierre se trouvait sur la partie la plus avancée du dispositif de défense, sa section et celle du lieutenant Quat devant subir le premier choc de l'ennemi. En attendant que ce dernier se manifeste, il n'y avait rien d'autre à faire qu'attendre.

Pour occuper les hommes, on leur fit creuser des trous encore plus profonds et consolider les emplacements. Il se remit à crachiner, ce qui n'allait pas tarder à devenir insupportable.

Le van Quat et Pierre s'étaient installés, enveloppés dans leur capote au drap épais et lourd, à même le sol dans un coin de rizière encore asséché, le dos appuyé sur une diguette. Une réelle et solide amitié les unissait malgré leur grande différence d'âge.
Le vieux tonkinois appréciait le caractère ouvert et franc du jeune homme.
Il aurait pu être son père. Il avait beaucoup vécu, s'était marié une première fois en France au cours de son passage à l'école militaire de Saint-Cyr, mais était revenu au pays de ses ancêtres, après la mort accidentelle de sa femme et de son fils, pour se remarier peu après avec une compatriote. Une belle et jeune enfant de seize ans qui lui avait réappris à sourire et qui lui réchauffait le cœur.
Le van Quat savait beaucoup de choses. Il était de bon conseil.

Il expliquait à Pierre l'âme et la mentalité de ses compatriotes, l'art de les commander, les erreurs à ne pas commettre. Il lui expliquait la vie.

Pour Quat, un homme ne pouvait vraiment se réaliser, être complet que s'il arrivait à fondre en lui les civilisations orientale et occidentale.
Le véritable équilibre était là.

Ils bavardèrent ainsi longtemps, fumant cigarette sur cigarette.

La nuit les surprit alors qu'ils philosophaient encore sur le sens de l'existence, sur la mort. Le destin des hommes.
– Dieu a peut-être décidé de nous rappeler à lui cette nuit, hasarda Pierre en baissant la voix sans trop y croire.
– Dieu n'existe pas, répondit Quat. Je viens de te le dire.
Il a été inventé par les hommes. Notre univers, notre planète sont le fruit du hasard. Hélas ! Les fruits sont souvent amers. La nature parfois très cruelle.
Il suffit de regarder autour de soi. Les tremblements de terre, les cataclysmes, les épidémies, les tueries sont un démenti accablant à l'existence d'un Dieu miséricordieux et amour.
Nul n'est besoin de croire pour espérer et entreprendre...
– Vous avez peut-être raison, enchaîna Pierre pour dire quelque chose, mais la vie sans spiritualité n'a aucun sens.
Quat resta un moment silencieux, puis comme se parlant à lui-même, dit à haute voix :
– Il est sans doute préférable de croire en Dieu. Les enfants croient bien au Père Noël. Croire peut donner un sens à la vie, mettre un peu de poésie dans l'existence.
Il ne craignait pas la mort. Il craignait la souffrance et plus particulièrement les infirmités de l'âge. Plutôt mourir que finir gâteux. Pierre, fasciné, écoutait attentivement cet homme vieillissant, revenu de tout, aux gestes lents et à la voix grave.

A chaque bouffée de cigarette que Quat aspirait avec volupté et recueillement, religieusement, il découvrait dans l'obscurité

le visage de son ami à la peau tendue, fine, sans une ride, qui avait pris avec l'âge l'aspect d'un vieil ivoire.
Une tête de bouddha au sourire indéfinissable, doux et bienveillant.
– As-tu déjà fumé de l'opium ? demanda Quat brusquement.
– Oui, j'en ai goûté deux ou trois fois... pour voir, répondit Pierre embarrassé.
– Et tu as été malade. Vois-tu, chez nous les jeunes ne fument pas, ce n'est pas bon, seuls les vieux fument, ça aide à supporter les douleurs et à prolonger la vie.

Prolonger la vie. Ces mots sonnaient étrangement dans la nuit hostile avec la mort en face.
Des hommes apportèrent dans des gamelles le dîner du soir.

Les deux officiers se redressèrent, toujours assis côte à côte, pour avaler en silence leur soupe fumante et leur bol de riz surmonté d'un filet de poisson arrosé de *Nuoc Mam* pimenté.
La nuit était maintenant complètement noire. Il faisait froid, humide.
Pierre songeait. Fatigué par sa nuit blanche précédente, il était dans un état second, à demi éveillé, les sens engourdis. L'abus de café lui donnait une sensation d'irréalité. Il était là, mais ne comprenait pas pourquoi.
Il n'arrivait pas à concevoir qu'il pût mourir d'un moment à l'autre.
Etre tué. Pourquoi les hommes s'entretuaient-ils ?
Quand deviendraient-ils raisonnables, vraiment adultes ?
Jamais sans doute. Le van Quat avait raison, la mort n'était rien. S'il devait mourir, qu'il soit tué sur le coup. Sans souffrance. Ici même sur cette terre froide le dos appuyé sur la diguette, dans sa capote trempée, lourde comme une pierre tombale.
Simone ? Que faisait-elle ? L'amour avec un autre ?

Il chassa très vite cette pensée désagréable, ce soupçon qu'il éprouvait pour la première fois. Décidément un week-end sans elle le rendait dépressif et jaloux.
Il se sentit ridicule et les autres, tous les autres... Madame Bellemont, Geneviève.

Hanoi lui semblait bien loin.
Hanoi - ville captivante, attachante, avec ses deux lacs, ses digues, ses quartiers commerçants animés, bruyants et colorés, aux odeurs spécifiques qui vous guidaient dans les rues des cuivres, la rue du coton, la rue de la soie, la rue du papier, la rue du chanvre, ses nombreuses pagodes, la pagode de Jade, la pagode de Grand Bouddha, son quartier résidentiel bien tracé, ses belles avenues bordées de flamboyants et de frangipaniers, son épais manteau de verdure la protégeant des chaleurs torrides de l'été, et son fleuve , avec ses bancs de sable, large, majestueux, rouge de tous les limons arrachés aux flancs des montagnes lointaines, et ses couchers de soleil étincelants.
Oui, Hanoi était bien loin et pourtant si proche.
C'était une ville paisible, indolente, où tout lui semblait facile, où il faisait bon de vivre.
Tout cela était loin, bien loin.

Les dîners de Madame Bellemont, la vie mondaine, *La Pagode,* le cercle sportif et sa luxueuse piscine.
Vanité des vanités.

Madame Bellemont était une femme infatigable, s'occupant de tout, s'immisçant partout. Bien que son mari ne fût qu'un fonctionnaire peu important, sans éclat, elle recevait beaucoup. Certains murmuraient sur l'origine de ses revenus, mais se taisaient bien vite.

Intrigante, audacieuse, elle avait ses entrées privées au gouvernement général. Pierre lui avait été présenté au hasard d'une réception.

Il habitait alors près du jardin botanique chez un vieillard solitaire, le père d'un ami muté dans le sud depuis longtemps pour avoir imprudemment affiché un jour au mess ses sympathies gaullistes. Pour d'autres qui souhaitaient changer d'atmosphère, c'était devenu par la suite un moyen habile d'être dirigé sur Saigon. Il suffisait pour cela de proclamer tout haut son intention de traverser la frontière chinoise pour rejoindre les Forces françaises libres.

Pierre occupait une pièce du rez-de-chaussée et jouissait d'une totale indépendance. Le vieil homme occupait l'étage supérieur et ne quittait sa chambre et ses pipes que pour arpenter les boulevards avoisinants, son exercice quotidien, appuyé sur une canne en greenheart au pommeau ivoire et argent, dans laquelle était glissée une dague effilée qu'il maniait nerveusement, fouettant l'air autour de lui.

Etant méfiant de nature, il redoutait toujours d'être agressé. Un vieux misanthrope, raffiné, égoïste, qui après avoir fait fortune dans toutes sortes de trafic, s'était retiré du monde au milieu de ses trésors.
Il avait cherché à initier Pierre aux plaisirs de la drogue. Comme tous les véritables fumeurs, il aimait avoir à ces moments-là une présence amie et complice.
Par politesse, mais surtout par curiosité, Pierre avait accepté plusieurs fois de venir s'allonger près de lui sur son bat-flanc.
L'opium était d'excellente qualité. Un opium conservé dans de petites boites métalliques jaunes en provenance du Laos et vendu par la Régie. Le meilleur opium du monde, au faible taux de morphine. Mais Pierre n'en avait vraiment retiré aucune satisfaction. Son tempérament actif et fougueux ne le

prédisposait pas à ce genre de plaisir. De plus, il craignait de perdre sa virilité, ayant entendu dire que l'opium quoique peu toxique à dose raisonnable, avait pour effet majeur d'endormir les appétits sexuels chez l'homme. C'était, paraît-il, le contraire pour les femmes.

La présence de Pierre, pour le vieil homme, était rassurante. Il avait cédé à la demande de son fils, non pas tant pour lui faire plaisir ou rendre service à Pierre que pour avoir, par ces temps peu sûrs, sa confiance en ses domestiques étant très limitée, un chien de garde à l'entrée.

Pierre était un mauvais chien de garde.

Il n'était jamais là. Il passait presque toutes ses soirées en ville, ne refusant jamais une invitation à dîner. Il s'y ennuyait souvent mais préférait encore cela à la solitude.

Dans ces dîners, les rites étaient immuables du début à la fin, les mêmes chez tous. Immanquablement, le repas terminé, chaque invité reprenait au salon la place qu'il avait occupée avant de passer à table.

Pierre n'aimait pas se conformer à cet usage et n'hésitait pas, malgré la réprobation muette de certains caciques, à se débarrasser d'un raseur en papillonnant d'un fauteuil à l'autre.

La conversation était d'une morne banalité. Elle ne s'animait que lorsque les convives parlaient des repas gastronomiques d'avant-guerre ou des vins de France devenus introuvables.

La plupart du temps, les gens prenaient surtout plaisir à parler d'eux-mêmes, de leurs petits problèmes, de leur chère petite santé.

Le souvenir d'une soirée peu ordinaire chez Madame Bellemont lui revint à l'esprit et le fit sourire.

Etrange dîner.

Madame Bellemont avait fait dresser deux tables. A la table d'honneur qu'elle présidait, elle avait placé parmi ses invités quatre jolies femmes avec leurs amants respectifs dont les liaisons étaient connues de tout Hanoï.

Pierre, cela va de soi, avait été ostensiblement installé à coté de Geneviève.

Les quatre maris, à une table non loin d'eux, étaient l'objet des attentions constantes et enjouées de la maîtresse de maison. Pierre, perplexe, se demandait quel avait été le but véritable de cette machination et comment Madame Bellemont avait réussi à la faire accepter par les maris mis à l'écart.

Quel prétexte avait-elle bien pu invoquer ?

Ce n'était probablement qu'un subtil divertissement, un jeu de société raffiné pour le plaisir intime des convives, offert par cette femme du monde habile et redoutable, en pleine possession de son art.

Les maris ignorant leur infortune.

Quelle femme dangereuse ! Et comme il avait eu raison de se méfier d'elle et de sa fille. Il eut une pensée attendrie pour Geneviève, l'espace d'un éclair, mais l'image de Simone repassa devant ses yeux.

Avant leur rencontre, ses expériences amoureuses ne l'avaient jamais pleinement satisfait. Il lui restait toujours un goût de cendre après ses nuits sans amour passées chez les chanteuses du quartier de la gare ou de la digue Parrot.

Ses liaisons éphémères avec des bourgeoises sans talent ne lui laissaient aucun souvenir.

Avec Simone, tout avait changé. Ardente, voluptueuse, licencieuse, elle l'avait initié à l'érotisme. Certaines caresses très précises lui revinrent à l'esprit et il se demanda où elle avait bien pu acquérir cette science. Sûrement un don inné. Il frissonna. Il était bien. Elle était là tout près de lui. Son parfum le troubla.

Il s'assoupit lentement, engourdi, perdu dans ses pensées.

Vers trois heures du matin, l'alerte fut levée et Pierre prit immédiatement congé de Quat et de son capitaine.

– Je retourne à l'hôtel pour essayer de dormir un peu, je suis crevé.

– N'oublie pas de laisser ton revolver et les cartouches au magasin, malgré ta hâte bien compréhensible de nous quitter, lui répondit Quat avec un sourire ironique mais amical.

– Je vous le confie, prenez-le, je n'ai ni la force ni le courage de retourner au village. Quant à Simone, vous vous trompez, elle ne viendra pas cette fois-ci.

Le retour à Tong à bicyclette, sous la pluie fine et poisseuse, dans la nuit noire, lui parut interminable. Il arriva à l'hôtel complètement exténué, la capote lourde et ruisselante.

Le matin du 9 mars le trouva épuisé, vidé, titubant de fatigue.
Pierre Malroy aimait son métier, certes, mais que diable, faire ânonner des heures durant des jeunes recrues l'avait rendu de méchante humeur.
Il est vrai qu'après deux nuits consécutives sans sommeil, et des dizaines et des dizaines de kilomètres parcourus à pied ou à bicyclette sous la pluie, il avait des excuses. Tous les autres devaient être, comme lui, dans le même état de fatigue et de nervosité. Qu'importe, cela ne changeait rien au sien.
Il avait le sentiment d'avoir gaspillé son temps inutilement.
Une journée d'ennui, de vide. Cette sensation du temps perdu l'agaçait.
La nomenclature des pièces, le démontage et le remontage, les yeux bandés ou non, de la mitrailleuse Hotchkiss, modèle 14 modifié 18, n'offraient plus aucun charme pour lui.
Non, vraiment aucun.
Il ne verrait pas Simone ce week-end. La vie était mal faite. L'image de sa jeune maîtresse aux lignes si pures, à la peau fine, souple et soyeuse, l'évocation de certaines étreintes le troubla un instant, mais ne lui ôta pas cette espèce de découragement qui l'envahissait.

A peine arrivé dans sa chambre, il se déshabilla prestement, jetant contrairement à son habitude, pêle-mêle ses vêtements sur le sol.

Il prolongea par plaisir sa douche. L'eau chaude coulait le long de son corps, ruisselant de ses épaules sur ses reins, sur son ventre et ses cuisses en longues et voluptueuses traînées caressantes.

Tout engourdi qu'il était, il serait resté éternellement dans cette atmosphère amollissante de bain turc, les yeux fermés, les mains prenant appui sur la paroi de mosaïque, vacillant sur ses jambes, prêt à sombrer dans le néant, s'il n'avait été rappelé à la vie par des coups redoublés, frappés à sa porte.

Henri venait le chercher pour dîner. Il était 7 heures et demie. Il était resté près d'une heure sous l'eau, hors du temps, coupé du monde. Reprenant doucement conscience, il lui sembla revenir d'un au-delà étrange et indéfinissable.

– Alors on y va, j'ai faim ! cria Henri en pénétrant brusquement dans la chambre.

– Passe-moi mon peignoir, lui répondit Pierre.

Pendant qu'il se frottait vigoureusement le torse et les jambes avec son eau de toilette, Henri, bien calé dans l'unique fauteuil de la pièce, se servit royalement un verre de cognac.

– Je t'en prépare un ?

– Oui, s'il te plait, avec du soda.

– Au fait, Pierre, tu connais la dernière ?

– Non, il y en a tellement.

– Il paraît que la Sûreté a découvert des tracts rédigés en français, que les Japonais, pour annoncer qu'ils prennent en main le contrôle de toute l'administration, se préparent à distribuer et à placarder demain matin sur tous les murs...

– Quand ?

– Demain matin.

– Où ?

– à Hanoi, Haiphong, enfin un peu partout.

– Qu'est-ce que tu racontes ? répliqua Pierre tout en continuant à se frotter le cou et les épaules, les troupes ont été déconsignées à 17 heures après la nouvelle petite alerte d'une heure de cet après-midi.
– C'est exact, mais il n'empêche que selon la Sûreté, les Japonais vont attaquer cette nuit, c'est Manelli qui me l'a dit.
– Manelli ? Tu rigoles, ce n'est pas sérieux.
– Si, si, je ne plaisante pas ! Bah ! Après tout, allons dîner, il ne faut pas que cela nous coupe l'appétit. J'ai une faim de loup.
– Moi aussi. Allons-y.

A peine s'étaient-ils installés dans le décor familier de la salle à manger de l'hôtel Bellevue, un deuxième Martel soda rapidement avalé, que soudain, dans le silence ouaté du soir, un clairon se fit entendre. C'était celui de la Légion étrangère qui sonnait cette fois-ci *La générale*.
Il faut avoir entendu *La générale* de nuit, dans l'attente d'une attaque meurtrière, pour en apprécier l'effet. On ne peut l'écouter sans tressaillir. La fatigue, la tension nerveuse avaient rendu Pierre plus sensible que de coutume. Il trouva cette sonnerie lugubre mais non sans beauté. Elle lui donna la chair de poule.
A la troisième reprise, les dîneurs, en majorité des militaires, s'interrogeant du regard, comprirent que quelque chose d'anormal, d'insolite, de grave se passait.
Soudain un officier, plus averti mais qui manifestement avait perdu son sang-froid, fit irruption dans la salle en hurlant :
– Alerte générale ! Les Japonais attaquent ! Sortez, foutez le camp...à vos postes !
On ne pouvait mieux faire pour semer l'affolement, la panique.
Pierre et Henri se jetèrent un bref coup d'œil et ne purent s'empêcher de penser à leur conversation.

Ainsi, cette fois, c'était vrai. La menace japonaise était réelle. Des agents de la Sûreté l'avaient annoncée, mais le Grand Quartier Général (G.Q.G.) d'Hanoi ne les avait pas pris au sérieux, ne les avait pas crus.
Mieux encore, les troupes avaient été déconsignées.
Les officiers et sous-officiers mariés étaient, après la fin de la petite alerte d'une heure de l'après-midi, rentrés tranquillement chez eux comme ils le faisaient tous les soirs.
Les célibataires, pour la plupart, dînaient en ville.

Aussi surprenant et incroyable que cela puisse paraître, le Haut commandement militaire français se laissa surprendre.
Cependant de nombreux indices auraient dû l'alerter.
En effet, dès la fin du mois de février 45, des informations obtenues par la Sûreté indiquaient que la fête du Têt ne se terminerait pas sans que les Japonais ne prennent le contrôle de toute l'administration de l'Indochine. En 1945, les festivités du Têt s'achevaient le 10 mars.
Le 8 mars, dans l'après-midi, le commissaire Fleutot remet lui-même des informations très précises au chef du B.S.M. (Bureau de la Sécurité Militaire) et au chef d'état-major de la division du Tonkin.
Toutes les autorités civiles et militaires sont donc bien informées de tous ces indices.
Le général Mordant est sceptique et n'apporte que peu de crédit aux indications de la Sûreté. Il avait été, bien qu'étant à la retraite, à l'insu du gouverneur général, désigné pour organiser la résistance, ses directives venant du gouvernement provisoire d'Alger.
Le général Aymé, commandant supérieur des troupes en Indochine a une attitude identique. "*Il baille à plusieurs reprises et s'impatiente.*" Il semble peu intéressé par les renseignements, qualifiés de romans par son entourage, que lui transmet son chef d'état-major.

Décidément les Japonais avaient bien manœuvré, bien préparé leur coup.

Par légèreté, incrédulité et imprévoyance, le Haut commandement est mis hors de combat avant même que l'attaque japonaise ne se déclenche.

Pour tromper la méfiance des Français, ils étaient allés jusqu'à inviter le G.Q.G. et ses officiers d'état-major, les généraux Aymé et Mordant en tête, sinon à sabler le champagne devenu trop rare, du moins à lever un verre à la santé du maréchal Pétain et à l'amitié traditionnelle et indestructible franco-japonaise.

Pour accepter une telle invitation alors que l'atmosphère était lourde de menace, que tout laissait prévoir un affrontement, il fallait être aveugle ou borné.

Au cours de la réception offerte par le Haut commandement japonais, tous ces officiers supérieurs et leurs collaborateurs apprirent ainsi, qu'en fait, ils étaient arrêtés. Ils allaient aussi apprendre à connaître les traits de caractère du Nippon, exprimés par un de leurs poètes[1].

Imaginant trois grands capitaines japonais devant un coucou japonais qui ne se décide pas à chanter, le premier lui dit :

– Si tu ne chantes pas je vais t'inviter à chanter.

Le second :

– Si tu ne chantes pas je vais te tuer.

Le troisième :

– Si tu ne chantes pas j'attendrai que tu chantes.

Voilà en quelques vers, bien traduits, la ruse et la brutalité de ce peuple déconcertant et sa capacité de patience.

Pour l'heure, la ruse et la brutalité étaient employées.

---

[1] *Shôka : poète de la fin du 16ème siècle.*

Dans la salle à manger, le premier moment de surprise passé, le sentiment d'un danger imminent s'empara des dîneurs. Un grand remue-ménage s'ensuivit.
Tables écartées, chaises renversées.
Pierre, tout d'abord interloqué, se ressaisit très vite. Il devait rejoindre son unité le plus rapidement possible.
Oui, mais comment ? Par quel moyen ?
Se lancer seul, dans la nuit noire sur la digue servant de route conduisant à Song Dong lui paraissait déraisonnable. Etait-ce vraiment ce qu'il fallait faire ? Il fallait se renseigner.
Faisant signe à Henri, ils quittèrent l'hôtel pour se rendre au triple galop au camp d'instruction où ils arrivèrent hors d'haleine.
Il y régnait un désordre indescriptible.
Le spectacle qui s'offrait à leurs yeux les déconcerta. Les recrues couraient d'un bâtiment à l'autre, en s'interpellant, criant, jurant, hurlant, échangeant des armes et distribuant des cartouches dans une atmosphère de chahut monstre.
Tout ce tumulte sembla grotesque à Pierre. Les silhouettes bardées de cuir et de métal, armées jusques aux dents, disparaissaient dans le noir des allées pour reparaître aussitôt en pleine lumière aux abords des chambrées. C'était un spectacle hallucinant. Ces ombres casquées, qui s'agitaient fiévreusement en tous sens, semblaient danser un ballet. Celui de la mort probablement.
Qui donnait les ordres ?
Pierre suivi d'Henri, se dirigea vers le bureau du capitaine.
Il trouva Manelli fumant frénétiquement et gueulant ses ordres. Ses tics lui donnaient un air encore plus comique que d'habitude. Il semblait débordé, et fut tout heureux de retrouver ses deux jeunes officiers.
– Ah, enfin vous voilà, je vous attendais.
– Mon capitaine que dois-je faire ? demanda Pierre.
– Quelles sont tes consignes ?
– Rejoindre ma compagnie à Song Dong.

– Eh bien, qu'est-ce que tu attends, débrouille-toi, tu ne dépends plus de moi.
– Où sont les Japs ? demanda encore Pierre.
– Mais je n'en sais rien, répondit Manelli agacé en haussant les épaules et en lui tournant le dos.
Pierre, après l'avoir contrarié, l'embarrassait.
Le capitaine Manelli était inquiet. Affronter les Japonais de nuit avec une poignée de jeunes recrues inexpérimentées, sachant tout juste tenir un fusil, lui semblait dément. Il était pressé de partir. Ses consignes étaient de filer vers le nord, avec pour première étape le bac de Truong-Ha, au confluent de la rivière Noire et du fleuve Rouge.
Après, ma foi, on verrait bien.
Pour l'instant, il fallait décamper au plus vite. Tels étaient les ordres. Repli impératif dans la haute région. L'attaque surprise des Japonais avait déclenché le plan baptisé "Saint Barthélémy".

Ignorant Pierre, Manelli s'adressa à Henri pour lui donnes ses instructions.
Puis se ravisant, il se retourna vers Pierre pour lui dire:
– J'aurais bien voulu te garder, tu n'aurais pas été de trop. Fais bien attention à toi, Song Dong est loin. Adieu, et…merde.
Le capitaine avait raison : il n'avait plus rien à faire ici.
Pierre sortit du bureau en se demandant comment il allait pouvoir rejoindre son unité. Le hasard le mit en présence de la jeune recrue qui lui avait la veille prêté sa bicyclette.
Après quelques réticences mal venues en cette heure, ce dernier consentit à la lui laisser, une fois encore.
– Vous me la rendrez, mon lieutenant.
– Naturellement, mon vieux.
Paroles superflues. Risibles. Ce brave garçon ne se rendait sûrement pas compte de la gravité du moment, peut-être sans lendemain. Une bicyclette. Sa bicyclette.

C'est en quittant les dernières paillotes de Son Loc, avant de s'engager sur la digue latéritée, que Pierre réalisa à quel point la nuit était sombre. Pas une étoile dans le ciel.
Une nuit d'encre à ne pas distinguer le bout de son nez.
L'humidité le fit frissonner.

Il fit demi-tour. Une envie de rejoindre Manelli pour foncer avec lui vers la Haute Région, point de ralliement pour faire face aux Japs.
Avisant un pousse-pousse, il lui prit de force sa loupiote, indifférent aux cris et protestations du malheureux. Puis, revenant en arrière, il se dirigea résolument vers Song Dong.

Cinq kilomètres sur un vélo de course, la tête penchée en avant en déséquilibre, sa longue capote de drap lui battant les mollets, avec pour éclairage une bougie vacillante par une nuit sans lune, sur une digue étroite, pleine de nids de poule, lui semblaient une performance surhumaine, surtout après deux nuits sans sommeil.
C'était dénué de sens. Il se mit à rire nerveusement.
Mais il n'avait pas le choix. Son devoir était de rejoindre son unité.
Et vogue la galère !
Dans toutes les circonstances, même les plus dramatiques, il ne pouvait s'empêcher d'être le spectateur de sa propre vie. Il avait la sensation de jouer un rôle dont il n'avait pas encore compris la logique.
Derrière lui, au loin, les lumières de Tong s'estompaient.
Devant lui, le noir le plus épais, impossible à percer. Il peinait, appuyant de tout son poids sur les pédales, en s'efforçant d'avancer sans chuter, les yeux fixés sur la roue avant faiblement éclairée.
Au premier pont il s'arrêta. Sans raison.

Le conseil de Manelli ? Une sorte d'appréhension subite ? Le pressentiment d'un danger ? Ou tout simplement un réflexe bêtement acquis à l'exercice ?
Il le traversa à pied, sans bruit.
A peine s'était-il remis en selle et recherchait-il à retrouver son équilibre qu'un cri atroce dans la nuit noire, un hurlement inhumain, le cri d'un porc qu'on égorge, le pétrifia, lui glaça le sang.

Il en perdit pour de bon l'équilibre et se retrouva à terre avec sa jambe gauche toute meurtrie sous la bicyclette.
Le temps de se relever, les Japonais étaient sur lui. Ils avaient surgi de chaque côté de la digue, baïonnette au canon, comme des pantins diaboliques expulsés de leur boîte. Des pantins redoutables et menaçants. Il y en avait une bonne douzaine.
La foudre en le frappant n'aurait pas fait plus d'effet.
Pierre était abasourdi, ne comprenait rien à ce qu'il lui arrivait. Il n'avait même pas peur, il était déconcentré, ahuri, étonné.
Mais alors, son bataillon ? Encerclé ? Hors de combat ? Dispersé ? Prisonnier ?
Son cerveau s'embrouillait, les pensées les plus folles s'entrechoquaient dans sa tête.
C'était une erreur, un malentendu, on ne pouvait pas lui faire une chose pareille, ce n'était pas loyal.

Soudain il se sentit ligoté, les bras tordus, les mains liées derrière le dos à hauteur des omoplates avec une corde autour du cou.
Un Japonais brandissant un sabre se planta devant lui, nez à nez, pour essayer dans l'obscurité de distinguer ses traits, pendant que deux autres le fouillaient.
Ce n'est qu'à ce moment-là qu'il réalisa vraiment qu'il était prisonnier, garrotté, et que ses ravisseurs cherchaient à savoir s'il était armé. Fort heureusement il ne l'était pas.

Quat, la veille, par souci du règlement, en lui réclamant son revolver, lui avait, sans le prévoir, assurément sauvé la vie. Il eut une pensée émue et reconnaissante pour son vieil ami.
Pour calmer ses ennemis, les apaiser, il bredouilla :
– Xong Cô...[1]
A ces mots, le Japonais qui s'était placé devant lui, certainement le chef, le saisissant par le revers de sa capote, l'attira brusquement sur lui, pour lui souffler au visage :
– Annam.
– Non, Français.
– Ah ! Fran-tsé-Ka ! Ba ka né. [2]
Une gifle retentissante accompagna cette dernière exclamation, puis les Japonais échangèrent entre eux quelques mots rapides.
Pierre n'était pas encore remis de sa surprise qu'il se retrouva en contrebas de la digue, assis au milieu de ses gardiens, muselé, ficelé, tenu en laisse comme un chien enragé, réduit à l'impuissance.
L'affaire avait été rondement menée. Dans le silence revenu et la nuit qui lui semblait encore plus impénétrable, il n'entendait que les battements de son cœur qui reprenait lentement son rythme normal.
Les Japonais ne bougeaient pas, ils semblaient même ne pas respirer. Des ombres de pierre. Ce retour au calme était angoissant. Que faire ? Qu'allait-il se passer ?

Il lui revint en mémoire une histoire qu'il aimait raconter, celle d'un officier méhariste qui, lors d'un examen, où il se montrait par trop brillant, se vit poser la question suivante, justement pour l'embarrasser :

---

[1] *En français, approximativement : Il n'y en a pas, il n'y a rien.*
[2] *Gros juron Japonais.*

– Vous êtes seul au milieu du désert, blessé, perdant abondamment votre sang, sans trousse de secours, ne pouvant ni vous déplacer, ni appeler à l'aide, Que faites-vous?
– Ce que je fais ?... je me laisse mourir.
Histoire idiote, pensa Pierre en ricanant amèrement, mais telle était bien pourtant la situation présente pour lui, le sang mis à part, il est vrai.
Le temps s'écoula. Pierre prostré, humilié, attendait.
Soudain un pousse-pousse arriva à leur hauteur avec deux clients chargés d'énormes paniers en osier. D'un bond rapide plusieurs hommes casqués lui barrèrent le chemin. En un tournemain le véhicule fut projeté dans la rizière de l'autre côté de la digue dans un fracas épouvantable.
Quant au tireur et ses clients, ils furent, aussitôt identifiés, sommés de faire demi-tour. Après quelques coups de crosse convaincants, ils abandonnèrent leurs paquets sans insister, et se sauvèrent rapidement en direction de Tong.
Cet incident, qui n'avait duré que quelques secondes, laissa Pierre complètement indifférent, inerte.
Il ne put s'empêcher de penser toutefois que s'il avait été plus avisé, il aurait pu comme ces trois inconnus faire, lui aussi, demi-tour et se retrouver libre.
Il lui aurait suffi de se faire passer dans l'obscurité pour un paysan des environs, ne pas parler français.
La nuit tous les hommes sont gris.
Quelques courbettes hypocrites, un visage sans expression et il aurait été aussitôt relâché. Mais oui, la sagesse commandait la dissimulation.
C'est ainsi que ce peuple intelligent a survécu à des siècles d'invasions et d'occupations mongoles ou chinoises, à l'époque où les têtes, avec une facilité hallucinante, tombaient décapitées pour le plus petit tressaillement, le moindre cillement.
– Annam.
– Non, Français.

Idiot, Trop idiot.

La peur s'empara de Pierre. Les Japonais décapitent sauvagement leurs prisonniers. C'est très connu. Les atrocités, les tortures pendant la campagne de Chine lui revinrent à l'esprit. Son sang ne fit qu'un tour. Il se redressa, mais se retrouva très vite à terre. Un coup sec tiré sur la corde qui l'enchaînait lui fit comprendre qu'il valait mieux rester tranquille. Pour un peu, il s'étranglait tout seul.

Le crachin se remit à tomber. Il ne manquait plus que cela pour mettre une touche finale à son infortune.

– Taté-Susumé[1].

L'ordre bref, lancé d'une voix sourde, le tira de l'insidieuse torpeur qui commençait à le gagner.

Transi de froid, frissonnant, Pierre se leva, et toujours ficelé, un Japonais devant, un autre derrière lui, suivit la petite troupe qui s'écartait de la digue, en file indienne, pour s'enfoncer dans les rizières en direction d'un hameau qui se signalait dans le lointain par quelques feux.

Il était bel et bien prisonnier. On l'emmenait. Il était bien obligé de l'admettre, aussi incroyable que cela put lui paraître.

Marchant comme un automate, se tordant à chaque pas les chevilles sur le sol inégal des rizières, il fixait intensément la pastille phosphorescente collée à l'arrière du casque de l'homme qui le précédait, seul repère visible pour s'orienter dans l'obscurité.

Pierre, malgré lui, apprécia l'astuce.

En guerre contre la Chine depuis plus de huit ans, les Japonais avaient appris à combattre, surtout à combattre de nuit. Ils étaient les plus forts.

Pour lui, le combat à peine commencé était déjà terminé.

Sa captivité commençait.

---

[1] *En Japonais : Debout, en avant...*

# Chapitre 2

La vie dans les camps japonais.
Erreurs du Haut commandement français.
Capitulation du Japon.

Le camp, perché sur un col élevé au milieu de la forêt dense, non loin de Hoa-Binh, à cheval sur la route menant de cette petite capitale provinciale aux riches rizières de Phu-Nho-Quan, était plongé dans l'obscurité.
On n'entendait que le bruit sourd et monotone de la pluie sur les toits couverts de feuilles de lataniers.
Des crapauds-buffles, pataugeant dans l'eau boueuse des caniveaux, coassaient de bonheur. Il faisait chaud et humide.
Dans les paillotes, les prisonniers à demi nus, trempés de sueur, affaiblis, épuisés, dormaient.
Pierre Malroy, allongé sur sa natte, dévoré par la fièvre, en proie à une nouvelle crise de paludisme, avec le ventre douloureux, les pieds glacés, les jambes gonflées et un début de béribéri, claquait des dents.

Serrant les poings, enroulé sur lui-même, les battements de son cœur suivant le rythme de ses pensées, il réfléchissait.
Il n'allait tout de même pas crever là, sur ce bat-flanc, après avoir tant enduré.
C'était fini, oui, c'était bien fini, la guerre était terminée !
Yasume[1].
Cet ordre, ce cri que le caporal japonais hurlait sur les chantiers, dans les forêts de bambous, pour leur signifier l'arrêt momentané du travail le poursuivait, lui emplissait la tête :
– Yasume !
C'était fini. Le chef du camp, le gros adjudant qui, avec sa section, avait la garde des quelque quatre-vingts Français rassemblés sur ce col perdu dans les nuages, s'était déplacé en personne, exceptionnellement, ce matin même pour le dire.
Ni vainqueurs, ni vaincus.

---

[1] *Yasume, se prononce : ya-sou-mé ; signifie : repos.*

Les Américains incapables de soutenir, selon lui, une guerre de cent ans, voire de mille ans, à laquelle les Nippons étaient évidemment préparés, avaient lâchement proposé un compromis, que l'empereur du grand Japon avait accepté parce qu'il était puissant, bon et généreux.

C'était sûrement vrai. Il ne pouvait y avoir aucun doute à ce sujet. Les Nippons étaient toujours les plus forts.

La veille au soir, atterrés et furieux de voir la victoire totale leur échapper, les Japonais maîtrisant leur inquiétude et leur rage, avaient méthodiquement, des heures durant, brûlé tous leurs documents, puis s'étaient mis à boire, à s'enivrer toute la nuit de choum-choum[1] et de saké[2] pour noyer, oublier leur amertume et leur honte.

Demain, ils allaient tous quitter le camp et retourner à Hanoï.

L'interprète tonkinois l'avait annoncé.

Demain on levait le camp.

Plus de cinq mois s'étaient écoulés depuis la capture de Pierre.

Cinq longs mois.

Il se revoyait pénétrant dans Tong au petit matin, après cette longue et affreuse nuit de mars, exténué de fatigue après trois nuits blanches consécutives, assommé par le manque de sommeil, grelottant de froid, tout étonné d'être encore vivant.

Par prudence, les Japonais avaient attendu le lever du jour pour entrer dans la ville.

Ils y entrèrent sans combat.

Les siens, ceux qui l'avaient capturé, s'étaient servis de lui comme bouclier en abordant les premières maisons en torchis de Son Loc, aux toits de chaume.

Mais Tong était vide. Enfin presque vide.

---

[1] *Choum-choum* : alcool de riz indochinois (50 à 80°).
[2] *Saké* : boisson Japonaise contenant 10 à 15° d'alcool de riz, se boit tiède.

Au cours de la nuit toutes les unités françaises - Bigors, Marsouins, Légionnaires, le général Alessandri avec son état-major, avaient évacué en toute hâte la ville selon le plan prévu.
Direction la Haute Région. La traversée du bac de Trung-Ha au confluent de la rivière Noire et du fleuve Rouge se fit dans la précipitation et le plus grand désordre.
De nombreuses pièces d'artillerie durent être abandonnées sur place, faute de moyens.

Dans Tong les rares coups de feu tirés, tuant ou blessant quelques isolés, le furent par des soldats nippons qui ne surent pas garder leur sang-froid.
Des enragés tuèrent stupidement, sans raison, le colonel Marcellin de la Légion étrangère, chargé de rendre la place. L'officier supérieur japonais qui dirigeait l'attaque était un ancien camarade du malheureux colonel assassiné à coups de baïonnette. Le Nippon avait fait Saint-Cyr avec lui. Furieux de cette faute, de ce crime, il fit sur-le-champ, dit-on, passer par les armes le ou les coupables.
Seuls étaient restés à Tong, avec le malchanceux colonel, les malades, quelques éclopés, une partie du personnel hospitalier et, à la surprise générale une poignée d'élèves officiers, une demi-douzaine de Saint-Cyriens, laissés sur place pour des raisons obscures et très discutables. Leur officier instructeur n'ayant pas sans doute jugé utile, comme l'avait fait Manelli, d'emmener avec lui ces jeunes hommes au combat.
Ce qui ne les empêcha pas de faire par la suite une brillante carrière militaire.
L'un deux devait épouser l'ange de Dien Bien Phu.

Le camp de Tong n'était pas seulement une base militaire avec son terrain d'aviation, que les Japonais avaient d'ailleurs investi au cours de la nuit précédente, mais aussi une

véritable usine à fabriquer des gradés : pelotons 1, pelotons 2, E.O.R., Ecole militaire, annexe de Saint-Cyr.
Les Japonais surpris par leur prompte et facile victoire étaient déroutés.
Ils entassèrent au cours de la matinée, dans la grande cour du quartier Mehl où avaient retenti la veille au soir les pathétiques accents de *La générale,* tous les prisonniers faits sur place et tous ceux cueillis au hasard, un peu partout dans les environs, au Mont Bavi, à Son-Tay et sur la base aérienne toute proche.
Les Indochinois avaient été aussitôt relâchés et encouragés, souvent à grands coups de crosse dans les reins, à s'en retourner chez eux. A disparaître. Ce n'est que par la suite, peu de temps après, que les Japonais songèrent à s'en servir pour créer, en les armant, des unités supplétives.
Assis par terre, toujours ligoté, il se revoyait au milieu d'une foule d'hommes, hirsutes, aux vêtements fripés, trempés, des hommes de toutes sortes, de toutes armes, où les képis blancs dominaient ; tous heureux de se retrouver en vie après cette incroyable nuit de cauchemar, heureux, mais tourmentés, anxieux, apeurés, avec le vague sentiment d'avoir été abandonnés, trahis.

Le crachin, couvrant de son voile embrumé cette multitude éparse, lui donnait un aspect sinistre, lugubre, fantomatique. Oui, il s'en souvenait très bien. Il grelottait, non pas de fièvre comme aujourd'hui, mais de froid, de honte et de rage.
Dans cette mer humaine, où il se sentait seul, abattu, malade et désemparé, il reconnut son commandant de compagnie.
Il lui fit signe de la tête.
Après l'avoir délivré de ses liens, le capitaine Lavangarde lui raconta en quelques mots ce qu'il s'était passé à Song Dong la veille au soir.
Dès réception du coup de téléphone lui ordonnant de quitter les lieux et de rejoindre sur-le-champ avec son unité le

groupement Alessandri à Tong, le chef de bataillon, qui rêvait de porter les insignes de foudre de guerre, avait convoqué ses commandants de compagnie pour leur faire part des dernières instructions.

Le bataillon par compagnies successives, en colonne par trois, l'arme à la bretelle, au pas de route, en silence, s'était mis aussitôt en marche.

Lorsque les premiers éléments de tête, ceux de Lavangarde, atteignirent le pont où Pierre avait été capturé deux heures plus tôt, ils se heurtèrent au même petit groupe de Japonais qui l'avaient ficelé et entraîné au loin à l'intérieur des rizières dans le petit hameau où il avait passé toute la nuit à attendre la mort.

L'arrêt brusque de la colonne avait provoqué une bousculade qui s'était répercutée jusqu'à l'arrière comme une onde de choc. Une grande confusion s'en était suivie. Ceux de l'arrière avaient buté dans le noir sur ceux de tête, leur criant des injures, les maudissant.

Lavangarde avait été appelé aussitôt pour régler l'incident.

Car il ne pouvait s'agir que d'un incident, d'un malentendu. Les troupes françaises et japonaises avaient toujours soigneusement évité jusqu'alors de se rencontrer.

Mais ces Japonais étaient têtus, inébranlables, refusant obstinément le passage.

– Ilé-Kinshiraréta.[1]

Ils n'avaient que ces mots à la bouche, les répétant sans cesse en souriant et en se bouchant comiquement les oreilles, les coudes en l'air.

Lavangarde dans un charabia invraisemblable avait tenté de leur expliquer que son unité effectuait par pure routine une marche de nuit.

---

[1] *Ilé-Kinshiraréta : en Japonais : non, défendu.*

Ce genre d'exercice se pratiquait souvent. Il est vrai que, soupçonneux, les Japonais surveillaient toujours de loin ces manœuvres.

Las, à bout d'arguments et de mots, il avait ordonné à ses hommes d'attendre sur place, et pris le parti de remonter toute la colonne jusqu'au commandant pour lui rendre compte de cette difficulté imprévue.

Il n'en eut pas le temps.

Les Japonais s'étaient retirés bien avant son retour et presque aussitôt une fusillade avait éclaté, terrassant les trois hommes de tête qui, l'arme au pied attendaient.

Des obus de mortier étaient tombés de part et d'autre de la digue, dans la boue des rizières, encadrant le bataillon sans trop de dommages.

Le résultat avait été foudroyant. En quelques secondes il n'était resté plus personne sur la digue. Une envolée de moineaux.

Le bataillon avait disparu, s'était volatilisé.

Pris de panique, les chevaux, les mulets chargés de lourds caissons s'étaient embourbés jusqu'au poitrail en sautant dans les rizières, dans la rivière toute proche.

Le bataillon avait vécu.

Lavangarde, avec Quat resté à ses côtés, avait réussi néanmoins dans l'obscurité et malgré l'affolement général à rassembler une poignée d'hommes. Avec eux, il avait réussi à passer au travers des mailles japonaises et atteindre les premières maisons de Son Loc à l'entrée de Tong.

Tong qui était en pleine effervescence. Il était impossible de distinguer quoi que ce soit, de comprendre ce qui pouvait bien s'y passer.

Un vrai, un immense, un monstrueux chambardement.

Lavangarde, dérouté par le tumulte, les clameurs, les grondements qui venaient de la ville, après avoir franchi, non sans mal, le barrage japonais, s'était réfugié avec ses hommes, dans une cagna abandonnée, persuadé à tort que les Nippons étaient déjà maîtres de la place.

Il avait attendu, dans cet abri provisoire, le lever du jour pour faire le point et reprendre sa progression. C'est là, au petit matin, que les Japonais l'épinglèrent à quelques centaines de mètres de son but.

Furieux et dépité, il en tremblait encore de rage. Le van Quat avait été, une fois désarmé, fermement invité comme tous ses compatriotes à décamper au plus vite.

Son récit terminé, Lavangarde s'approcha de Pierre et lui posant fraternellement les deux mains sur les épaules, murmura :

– Ensemble, nous serions passés.

Pierre, touché et ému, éprouva comme un sentiment de culpabilité.

Les deux hommes, la gorge serrée, se regardèrent longuement, ne cherchant nullement à cacher leur chagrin, leur immense détresse.

L'attaque surprise japonaise minutieusement préparée, déclenchée sensiblement à la même heure sur tout le territoire indochinois, fut extraordinaire par sa rapidité.

Foudroyante.

Elle frappa de stupeur l'ensemble de la population et aboutit à l'élimination immédiate de toutes les autorités en place.

Un siècle de présence française balayé en une nuit.

Acte politique prémédité, perpétré à dessein, aux prolongements et aux conséquences incalculables. Dernier et tragique exploit d'une aventure militaire désormais condamnée.

Il est de fait que, par sa situation géographique dans le sud-est asiatique, la péninsule indochinoise présentait une importance capitale pour le Japon en guerre depuis 1937.

Le blocus des côtes chinoises s'étant avéré insuffisant, la promenade militaire à laquelle il croyait au début s'étant transformée au cours des années en lointaines marches forcées de plus en plus suicidaires, l'empire du Soleil Levant profita de ce que la France avait un genou à terre pour obtenir très vite, d'abord par la voie diplomatique dès le mois de juin 1940, la fermeture de la frontière sino-tonkinoise, à l'époque voie principale de ravitaillement, par le chemin de fer Haiphong–Yunnanfou, via Lao Kai, des troupes nationalistes du maréchal Tchang Kaï-Chek. Puis à partir de septembre de la même année, après l'attaque brusquée du poste frontière de Dong-Dang et de Langson, l'occupation progressive du pays, à laquelle l'amiral Jean Decoux[1], successeur infortuné du général Georges Catroux[2], ne put s'opposer.

L'amiral gouverneur, d'une grande intelligence politique, réussit néanmoins remarquablement avec les faibles troupes dont il disposait et un armement plus que désuet, souvent hors d'usage, avec une aviation squelettique composée de trois ou quatre Morane et de quelques Potez, avec une marine symbolique, à maintenir, en dépit des épreuves et de l'action funeste des Nippons, la souveraineté française pendant les cinq difficiles années de guerre. Les trois souverains de la Fédération Indochinoise, l'empereur d'Annam, le roi du Cambodge, le roi du Laos et des millions d'Indochinois, étaient restés fidèles à la France blessée et pourtant si lointaine.
Une fidélité non imposée par la force, en réalité inexistante, ou la contrainte, mais basée sur l'estime et la confiance en un avenir meilleur.

---

[1] *Amiral Jean Decoux : Commandant en chef des Forces navales en Extrême-Orient ; nommé par le gouvernement de Vichy prit ses fonctions de Gouverneur-général le 20 juillet 1940.*
[2] *Général Georges Catroux : pour avoir traité avec les Japonais, il fut désavoué, limogé et rappelé en France par le gouvernement de Vichy ; il préféra rejoindre le général de Gaulle.*

Il soutint même une guerre victorieuse contre un Siam agressif, lui infligeant de surcroît une humiliante défaite navale dans la baie de Koh Chang ; un Siam qui convoitait depuis toujours les riches provinces limitrophes du Laos et du Cambodge, provinces obtenues finalement grâce à l'arbitrage imposé en sa faveur par l'occupant japonais ; mais il ne put empêcher malheureusement le coup de force japonais du 9 mars 1945.

Il s'en est fallu, hélas ! De quelque vingt semaines pour que l'amiral Decoux ne remette à la France une Indochine fidèle et heureuse et ne devienne par la suite, libérée de l'emprise coloniale, dans l'esprit de l'important discours de Brazzaville du général de Gaulle, grâce à ses ressources le pays le plus riche du Sud-est asiatique, avec l'aide de la France.

Mais le destin de l'Indochine a été tout autre.

Dès le 10 mars, toutes les troupes françaises basées en Indochine furent internées à l'exception de quelques petits groupes qui s'égaillèrent pour peu de temps dans la nature.

Le groupement Alessandri de Tong parvint, à travers la jungle et les forêts de la haute région tonkinoise, à gagner la frontière chinoise, après une longue et pénible marche de plus d'un mois et de nombreux combats d'arrière-garde, souvent meurtriers, au cours desquels des hommes courageux surent mourir en héros pour permettre à la colonne de poursuivre sa route. C'est ainsi que, tombé dans une embuscade au nord de Lai Chau, Henri en livrant un ultime combat et en vidant ses dernières cartouches fut mortellement blessé à quelques kilomètres de la frontière.

Des commandos furent organisés pour agir sur les arrières japonais. Des hommes furent parachutés dans la haute région non loin de Son-La. Le colonel Vicaire en quittant Nam-Dinh, tenta de mettre en place une zone de guérilla.

Mais la pression des Japonais et l'hostilité de la population achetée ou obtenue par la contrainte, furent telles qu'après de nombreuses semaines de brousse, vécues dans des conditions périlleuses et pénibles, les rescapés de cette héroïque épopée franchirent la frontière chinoise, pour connaître, comme ceux de Tong, de la part des alliés chinois une semi captivité.

Cependant, ici et là, dans toute l'Indochine, de nombreuses garnisons résistèrent farouchement toute la nuit et une bonne partie du lendemain. Mais isolées, encerclées, sans ravitaillement, souvent sans chef, leur combat sans espoir ne pouvait, après un baroud d'honneur, que finir par une reddition.

Les pertes totales furent évaluées à 242 officiers et 2.400 hommes tués et 5.000 blessés.

Soit environ un cinquième de l'ensemble des effectifs.

Le comportement des Japonais après leur éclatante et facile victoire fut très inégal.

Il varia selon le degré de résistance des troupes françaises.

A Hanoi, qui ne capitula que le 10 mars dans l'après-midi, ils rendirent les honneurs aux défenseurs de la citadelle, pour les brutaliser aussitôt après.

Mais dans les villes frontières, à Ha Giang, Cao Bang, Lang Son, Dong Dang, Mon Cay, la soldatesque nippone donna libre cours à sa fureur. Les pires violences furent également commises à l'encontre de la population française : brimades, tortures, viols, exécutions sommaires.

Les habitations inoccupées furent pillées et saccagées.

A Lang Son les Japonais subirent de très lourdes pertes malgré leur traîtrise attaque et leur supériorité numérique.

La garnison française après une longue et héroïque résistance, capitula, faute de munitions.

Le général Lemonnier, commandant la place, et l'administrateur civil Auphelle furent décapités, au mépris des conventions de guerre, en présence d'une population terrifiée, muette de stupeur.

Au cours de la matinée du 10 mars, des dizaines de prisonniers alignés à genoux devant des tranchées qu'ils avaient été obligés de creuser furent mitraillés, d'autres, la tête tranchée au sabre, jetés dans les fosses remplies de cadavres.

De cette atroce tuerie, un seul devait en ressortir vivant. Le coup de sabre mal ajusté qui lui entailla la nuque le fit chuter dans la tranchée au milieu de nombreux agonisants.

Il échappa aux derniers coups de baïonnette donnés pour achever les blessés.

Après une longue journée de souffrance et de peur, étalé au milieu des cadavres de ses compagnons d'armes, il se hissa hors du trou à la faveur de la nuit.

Recueilli par des villageois, soigné par sa *congaï*[1], les plaies à peine cicatrisées, il réussit par petites étapes à franchir la frontière toute proche.

Remis aux autorités américaines par les Chinois, ce "décapité vivant", inconnu en France, fut fêté par la suite aux Etats-Unis comme un héros.

Les résistants civils, dont les listes étaient depuis longtemps entre les mains des Japonais, arrêtés, emprisonnés, furent pour la plupart atrocement torturés par l'équivalent de la Gestapo, la Kempétaï, la gendarmerie militaire japonaise de sinistre réputation.

Le seul nom de Kempétaï faisait frémir à juste titre.

Ses méthodes étaient pour le moins singulières. Il arrivait de temps à autre, qu'après de longues semaines d'attente anxieuse, des mères, des épouses convoquées pour recevoir des nouvelles d'un fils, d'un mari, se voyaient remettre avec le sourire le plus exquis et la plus grande courtoisie – les Japonais sont des gens polis – un petit carton ficelé contenant les cendres du disparu.

Ce genre d'attention délicate, liée aux vexations, brimades et brutalités quotidiennes, à l'incertitude et aux angoisses du

---

[1] *Congaï : jeune concubine indigène.*

lendemain, contribuait à maintenir un climat d'inquiétude et de peur.

Sur tout le territoire indochinois, la population française fut très rapidement rassemblée dans les cinq ou six principales grandes villes.
En liberté surveillée, entassée pêle-mêle par familles entières dans les bâtiments publics, les lycées, les hôtels, les résidences réquisitionnées.

Cette cohabitation difficile, cette promiscuité forcée, si elles se passèrent assez bien dans l'ensemble, furent à l'origine de sordides querelles, de ruptures définitives. Des amis de vingt ans se brouillèrent pour des peccadilles, pour des histoires de cheveux dans les lavabos, de baignoires bouchées, alors qu'un danger mortel, permanent, planait au-dessus de leur tête.
Vivre ensemble n'était pas toujours facile. Il fallait tout faire, la cuisine, la vaisselle, la lessive, aller au ravitaillement, porter les paquets, faire la queue devant les boutiques.
La vie de France, quoi !
Il fallait composer avec les Japonais, ce qui n'était pas facile, ne pas trop crâner, mais ne pas paraître trop lâche non plus. Soutenir leur regard était considéré comme une provocation.
A Tong, dans la cour du quartier Mehl, sous la surveillance des armes automatiques, les prisonniers accroupis, couchés à plat ventre ou sur le dos, attendaient, non sans crainte, la suite des évènements. Vers la fin de l'après-midi, les troupes de choc, lancées à la poursuite de la colonne Alessandri en fuite, ayant été remplacées par des unités de deuxième ligne, non dopées et moins électrisées, le calme revint.
Les inquiétantes mitrailleuses placées aux quatre coins de la cour furent retirées.
Des prisonniers, une trentaine environ, qui avaient été entassés et parqués, dans le petit local du poste de police à

l'entrée de la caserne, pour être fusillés, furent également, à leur grand soulagement, relâchés.

Le massacre redouté n'eut pas lieu. On l'avait échappé belle.

Avec le calme revenu, la vie s'organisa progressivement.

Tous les officiers, une bonne douzaine, furent installés, afin d'être mieux surveillés, au premier étage d'un des bâtiments situés près du poste de garde.

Parmi eux se trouvaient plusieurs rampants de la base aérienne dont le trésorier qui avait réussi à sauver la caisse. Comme elle lui donnait des sueurs froides, il proposa d'en répartir le montant contre reçu à rembourser après la guerre.

Les plus gradés exigèrent un partage au prorata de leur grade. Pierre encaissa sa petite part, quelques centaines de piastres.

Les autres prisonniers s'installèrent tant bien que mal dans tous les bâtiments abandonnés et déserts. Les légionnaires s'étaient regroupés dans leurs chambrées. Très vite, étant chez eux, ils reprirent leurs vieilles habitudes.

Certains qui avaient bénéficié la veille au soir, comme à l'accoutumée, la permission de vivre en famille furent très étonnés en réintégrant la caserne d'y trouver des Japonais. Ils vinrent grossir le nombre de prisonniers. Cela ne les empêchait pas le soir venu de refaire le mur pour aller retrouver clandestinement leur *congaï* et leur progéniture.

Ils étaient cependant présents à l'appel du matin.

Pour ceux-là, rien n'avait changé. La vie continuait, seul l'emploi du temps n'était plus le même.

L'appel du matin était interminable. Les Japonais, brouillons, ne surent jamais exactement combien, à Tong, ils avaient de prisonniers. Irrités, lassés par cette longue comédie journalière, ils ne tardèrent pas à se faire remettre par un officier choisi et désigné par eux, un état quotidien des effectifs présents. Cette estimation approximative leur permettait de sauver la face.

C'était d'ailleurs sans importance. Ils tenaient toutes les issues et les contrôlaient.

S'évader était une aventure réalisable, certes, mais condamnée à court terme à l'échec.
La frontière était loin. La France à douze mille kilomètres.
S'évader, mais pour aller où, chez qui ? Les Japonais offraient de fortes primes pour une tête ou des oreilles coupées. Un blanc était vite repéré. Il était plus sage, plus réaliste de rester sur place et d'attendre les évènements. Cependant, quelques audacieux échafaudèrent un plan d'évasion, mais qui n'eut aucune suite.
Les Japonais avaient autre chose à faire que de s'intéresser à la vie intérieure du camp.
Les riches réserves de l'intendance ayant été immédiatement repérées et inventoriées, le riz ne manqua jamais. Il fut même gaspillé les premiers jours.
Lavangarde, par son savoir-faire, sa grande taille, s'était, en très peu de temps, imposé aux Japonais. Sans l'être officiellement, il était considéré par eux comme un intermédiaire acceptable, voire le seul interlocuteur.
Il obtint assez vite au rez-de-chaussée une chambre individuelle que non sans calcul il demanda à Pierre de partager. Ils y trouvèrent de nombreux documents qu'ils s'empressèrent de détruire. Les papiers, certains portant la mention – Confidentiel ou Secret – furent brûlés sous l'œil indifférent des sentinelles japonaises dans les multiples foyers qui avaient été allumés ici et là dans la cour.
Envié, jalousé par les autres officiers, une petite arrière-pensée l'avait poussé à faire cette offre à Pierre, pour ne pas paraître être le seul à bénéficier des faveurs de l'ennemi.
En réalité, la promiscuité des autres l'incommodait, l'agaçait, l'irritait. C'était un raffiné, aimant ses aises, à la recherche d'un plus grand confort. En revanche, il appréciait la compagnie de Pierre. Ce cynique, ce désenchanté était touché par la candeur, la pureté, la fraîcheur d'âme du jeune homme, même s'il les jugeait quelquefois puériles.

Lavangarde incarnait, pour Pierre, le prototype idéal de l'officier, compréhensif, humain, tolérant, d'une grande valeur morale. Athlète complet, il avait participé aux jeux olympiques de Berlin en 1936[1].

Pierre, bien qu'étant plus jeune, faisait partie, comme lui, de la génération de la guerre.

Que faire à vingt ans, à la veille d'un cataclysme mondial ? La carrière militaire était pour lui la seule voie possible. Il ne s'était pas posé de questions. Il n'en avait pas eu le temps. Dès sa sortie de Saint-Cyr, il avait été aussitôt lancé dans la tourmente.

Après la " drôle de guerre " et une campagne de France sans éclat, il avait échappé aux Allemands et s'était, de justesse, retrouvé sur un bateau en partance pour l'Indochine, dernier convoi à atteindre Saigon après la défaite, en déjouant le blocus anglais au détroit de Malacca.

Le métier de soldat ne se comprenait qu'à travers une succession de victoires, d'actions d'éclat, de gloire. Perdre la guerre, être prisonnier, quelle humiliation, quelle déchéance !

Il se rendit très vite compte que la guerre n'était pas une image d'Epinal, c'était une stupidité sans nom.

Il fallait être fou pour croire le contraire.

Il avait été fou. Il avait été jeune.

Sa capture modifia considérablement son caractère, sa façon de penser. Il perdit insensiblement, au fil des mois, ses illusions, ses chimères. Une lente maturation de sa personnalité s'opéra.

La veulerie de certains de ses compagnons de captivité l'écœura, le rendit sans indulgence, dur et amer. Ses idéaux s'écroulèrent comme un château de cartes.

---

[1] *Dans l'épreuve du pentathlon militaire.*

Les Japonais ne l'avaient pas tué, mais avait tué ce jeune homme un peu naïf et candide qu'il avait été. Sa conception du monde basculait profondément.

A sa libération, car il ne doutait pas, il n'en douta jamais tout au long de sa détention qu'il sortirait vivant de cette situation absurde, il quitterait l'armée. La carrière militaire lui semblait maintenant dérisoire, ridicule, sans intérêt. La vie c'était autre chose.

Lavangarde tentait vainement de lui remonter le moral, mais le faisait sans conviction.

Il était lui aussi sans vouloir se l'avouer, ébranlé dans ses croyances et ses certitudes.

Le soir, avant de s'endormir, ils passaient des heures à discourir, à réfléchir sur l'avenir qui leur était réservé.

Pierre, désorienté, perdu dans ses pensées, ne savait pas quel nouveau sens donner à sa vie. Que faire ? Il verrait bien le moment venu. Et puis, comment élaborer des projets avec cette guerre qui n'en finissait pas.

Pour tuer le temps, il essaya de lire. La qualité des romans trouvés sur place laissait à désirer. Il abandonna la lecture. Un roman, pourtant, retint un peu plus longtemps son attention. Un prix Goncourt[1] d'avant-guerre. Mais la vie du capitaine Conan, le héros du roman, lui parut peu crédible, eu égard à ce qu'il avait vécu lui-même. Les exploits de ce guerrier héroïque, de cet animal de combat, étaient l'antithèse de sa misérable aventure.

Il n'aima pas ce livre que le hasard, après tant d'humiliations, avait placé, ô ironie ! sous ses yeux pour le provoquer, lui donner un sentiment d'impuissance et de honte. Pour le narguer sans doute. Il ressentit, à sa lecture, comme un malaise.

---

[1] *Roger Vercel (1934).*

Tenir un journal le tenta, mais il y renonça, mettre "rien" tous les jours sur une page blanche n'était pas très stimulant.
Il passait donc des journées entières à paresser. Allongé sur son lit de fer, les mains croisées derrière la nuque, les yeux au plafond, il réfléchissait. Faisait le bilan de sa courte vie. Une pauvre petite vie, bien peu remplie. La communale, le lycée, l'école de Saint-Cyr et deux défaites successives. Rien. Moins que rien.
Aucune nouvelle d'Hanoi, pourtant si proche, ne parvenait au camp.
Il était coupé du monde. Il suffisait d'un mur et de quelques gardiens pour disparaître, pour ne plus exister.
Souvent le souvenir de Simone le hantait. Mais il n'arrivait même plus à se la représenter, à revoir son visage.
Qu'était-elle devenue ?
Seuls les moments d'ardentes passions vécues ensemble le poursuivaient, l'échauffaient.
Les soirées mondaines, celles de Madame Bellemont lui semblaient bien loin, irréelles.
C'était hier pourtant.

Ce 9 mars avait provoqué une véritable déchirure, plus rien ne serait comme avant.
Le passé était mort.
Vivre une autre vie ! Mais laquelle ? Il n'en savait rien. Quoiqu'il en soit, puisque les Japs ne lui avaient pas coupé la tête, il était décidé de profiter pleinement de ce supplément de vie que le destin lui avait accordé.
En attendant ces jours prometteurs, il se morfondait, souvent allongé sur son lit, les yeux fixés au plafond observant le jeu des petits margouillats, au corps transparent, à la poursuite des moustiques et autres insectes.
Les jours se suivaient, vides, monotones, tristes et mornes.

Un événement pourtant vint rompre cette monotonie. Pour commémorer leur fête traditionnelle, les légionnaires décidèrent de faire une action d'éclat.

Le 30 avril au matin, vers 11 heures, l'heure de l'apéritif, douze hommes le torse nu, en short, un sergent à leur tête se dirigèrent au pas de gymnastique vers la sortie, non sans avoir auparavant, à plusieurs reprises, tourné en rond dans la cour pour faire diversion et tromper la curiosité générale.

Arrivés à hauteur de la sentinelle devant le poste de garde, le sergent hurla à ses hommes un ordre. Aussitôt, toujours au même pas de course, la petite troupe avec un ensemble parfait se frappant la poitrine fit le salut olympique.

La sentinelle surprise par l'allure martiale des hommes et par cet honneur inattendu, claquant des talons, se mit instantanément au garde-à-vous pour présenter les armes, laissant le petit groupe filer à l'extérieur.

Une fois dehors, les légionnaires traversèrent rapidement la rue pour pénétrer chez le Chinois d'en face. Wong, hilare, ravi d'offrir à ses anciens et ô combien bons clients, la traditionnelle tournée générale, leur versa en hâte, du comptoir où il se trouvait, un verre de choum-choum pour une fois de première qualité.

Tournée gratuite en l'honneur de Camerone.

Les traditions sont les traditions et les Chinois de parole.

Au retour, la sentinelle qui ne s'était pas encore remise de sa surprise, toujours au garde-à-vous, présenta une nouvelle fois les armes aux légionnaires, qui avec le plus grand sérieux, toujours au pas de gymnastique lui adressèrent une dernière fois le salut olympique, en hurlant un *banzaï* d'allégresse.

Cette action d'éclat fut largement commentée dans les chambrées, l'exploit des légionnaires unanimement applaudi fort tard dans la nuit.

Les Japonais préférèrent ignorer l'incident.

Le lendemain, le responsable du camp, au cours de sa visite quotidienne, demanda avec le plus grand sourire à

Lavangarde pourquoi les prisonniers ne faisaient pas plus souvent de sport. Ce chef de camp était une exception.

En général, les Japonais sont dénués du sens de l'humour, les plaisanteries tombant avec eux toujours à plat.

Il ne faut pas manquer de les prévenir avant de plaisanter, et alors, même s'ils n'ont pas compris, ce qui est souvent le cas, ils rient par politesse. Les Japonais sont des gens très sérieux, pour eux, les Français sont des plaisantins qui ne pensent qu'à rire de tout.

Aucune sanction ne fut prise. Le généreux chinois ne fut pas inquiété.

Seule la sentinelle fut punie.

Devant un parterre de prisonniers médusés, elle reçut de son supérieur, dans un garde-à-vous impeccable, une série de paires de claques retentissantes, se remettant en place chaque fois que la violence du coup lui faisait perdre l'équilibre.

La prouesse des légionnaires et l'annonce de la capitulation allemande connue vers la mi- mai furent les seuls évènements marquants du séjour à Tong.

La nouvelle de la victoire des alliés en Europe souleva un immense espoir parmi les captifs.

Les rumeurs les plus fantastiques, les plus saugrenues circulèrent.

Hélas ! L'euphorie générale ne dura pas. Les Japonais sombres et taciturnes évitèrent les contacts pendant quelques jours et laissèrent éclater la joie des prisonniers.

Après l'espoir vint la déception, la déprime, le cafard.

Puis le train-train quotidien, monotone, fastidieux de la vie reprit vite le dessus, avec ses petites misères.

Oui, Pierre se souvenait. Les semaines, les mois écoulés défilaient devant ses yeux. Grelottant de fièvre sur son bat-flanc, il sentit soudain une présence toute proche qui le fit sortir de sa torpeur. Il entrouvrit un œil. Une ombre, habillée

à la japonaise, penchée au-dessus de sa tête, lui murmura à l'oreille :
– Mon lieutenant, c'est pour vous.
– Qu'est-ce que tu fabriques là ?
L'ombre disparut aussi vite qu'elle était apparue et Pierre sentit dans sa main plusieurs petits comprimés blancs. Il avait reconnu son ancienne ordonnance qui s'était, en prenant de grands risques, glissée furtivement dans la paillote pour lui apporter ce réconfort.
Sa ration personnelle de quinine sans doute. Ce jeune garçon, arrivé la veille au camp, avait été, comme beaucoup d'autres de ses compagnons, incorporé par les Japonais dans des unités supplétives. Il avait été placé comme sentinelle à l'entrée du camp.
Il fallait bien vivre. Mieux valait être nourri par les Japonais que de crever de faim.
La famine avait fait au Tonkin des dizaines et des dizaines de milliers de victimes dans les mois qui suivirent le coup de force du 9 mars.

La quinine fit rapidement son effet.
Au milieu de la nuit la fièvre le quitta brusquement.
Se levant péniblement sur un coude, Pierre regarda autour de lui. Il avait du rêver. Il n'était plus à Tong, ni à la citadelle d'Hanoi où il avait transité pendant quelques semaines avant d'échouer dans ce coin perdu de la haute région surplombant Hoa Binh et la rivière Noire.
La guerre était finie. Oui, la guerre était bien finie. Yasume.
René, allongé près de lui, mâchonnant un vieux mégot éteint, lui sourit.
– Comment te sens-tu, vieux frère ? Trinh va essayer de t'en apporter encore.
– Ça va...ça va, murmura Pierre, d'une voix faible, la langue pâteuse.

Il se sentait mieux. Rassuré. En sécurité. Affaibli mais étrangement en sécurité. Il essuya son visage avec la serviette qu'il conservait toujours autour du cou. Ne plus avoir de fièvre quel soulagement !

La nuit était tout à fait noire maintenant, silencieuse. Un silence reposant. La pluie avait cessé et une légère brume humide enveloppait la paillote.
Il tira toute la couverture à lui.
René qui l'observait, appuyé sur un coude, le mégot toujours au bord des lèvres, se redressa pour fouiller dans ses poches.
Il en retira son briquet et une poignée de piastres qu'il considéra d'un air rêveur.
Par désœuvrement, avec un sourire ironique, il s'amusa à brûler ses billets un à un.
Au point où il en était, il pouvait s'offrir ce luxe : l'argent ! Quelle misère !
Puis se tournant vers Pierre :
– On a enterré l'artilleur cet après-midi.
Le drame s'était déroulé très rapidement.
L'artilleur, déprimé et abattu, s'était ouvert la gorge avec son rasoir sans qu'on puisse intervenir pour l'empêcher d'accomplir ce geste insensé. Sa réserve de cigarettes était épuisée. Il se sentait seul, abandonné. Il avait roulé sur le sol de terre battue, baignant dans son sang, au pied de son bat-flanc, entortillé dans sa moustiquaire qu'il avait arrachée dans son agonie et entraînée dans sa chute.
Ce tragique suicide avait brutalement rappelé aux prisonniers la précarité de leur condition et que leur vie ne pesait pas lourd dans la balance des évènements.
Les pessimistes se répétèrent que les nombreuses tranchées creusées pendant leur séjour sous la surveillance de leurs gardiens étaient destinées à les enterrer tous.
D'autres, moins sombres, blaguaient en disant que ces tranchées étaient destinées au stockage des vivres.

Mais l'annonce, le lendemain matin, de la fin des hostilités avait remonté le moral du camp. L'artilleur était oublié.
Se suicider la veille d'une libération, quelle idée !
– Nous partons demain pour Hanoi, c'est confirmé, annonça René.
– A pied ? s'inquiéta Pierre.
– Oui. Ne t'en fais pas, on y arrivera.
Pierre ferma les yeux et se revit à Hanoi, enfermé dans la citadelle.
Cinq mille hommes grouillant comme des cloportes dans cette immense enceinte entourée de hauts murs et de barbelés. Une cour des miracles.
Les Japonais ne s'immiscèrent jamais dans la vie intérieure de ce casernement.
Ils le parcouraient régulièrement pour s'assurer qu'aucun complot, aucun danger ne les menaçait. Leur surveillance était discrète mais vigilante.
Chaque matin, ils puisaient dans cette réserve humaine la main-d'œuvre dont ils avaient besoin pour assurer des travaux divers en ville. Plusieurs camions pénétraient dans le camp. Une fois le plein terminé, avec des volontaires, toujours les mêmes qui se bousculaient pour sortir, le calme revenait.
Une nouvelle journée d'oisiveté commençait pour les autres. C'était une aubaine que de pouvoir sortir. Voir des gens en ville. Ramener des provisions pour ravitailler cette garnison enfermée, ce ghetto qu'était devenue la citadelle et qu'une poignée de voyous exploitait sans vergogne.
Le marché noir fleurissait avec la complicité souvent consciente et achetée de quelques gardiens.

Un sandwich au jambon ou du *zô[1]*, ramené le soir par certains volontaires du matin, s'obtenait à prix d'or en échange d'une chevalière, d'une montre, d'un brillant.

---

[1] *Zô : pâté tonkinois.*

Les piastres de Pierre, celles qui lui avaient été confiées à Tong, firent long feu, elles lui permirent toutefois de se nourrir de sandwiches et d'améliorer son ordinaire pendant une petite semaine.

Ces mauvais éléments de l'armée coloniale, ces vauriens[1], profitèrent impunément de la situation. Dans la nuit du 9 au 10 mars, pendant les combats, ils pillèrent les coffres des compagnies, alors que leurs frères d'armes faisaient bravement face à l'ennemi en lui infligeant de lourdes pertes avant de capituler faute de munitions.

Les Marsouins, les Bigors de la citadelle avaient fait leur devoir. L'honneur était sauf.

Le transfert de Tong à Hanoi, par le fleuve, s'était passé sans incident.

Les prisonniers, par petits groupes, avaient été répartis, à leur arrivée dans la capitale, dans la masse rassemblée à l'intérieur de la citadelle.

Pierre avait échoué dans un petit local où des paillasses pouilleuses avaient été installées. Son groupe s'était disloqué, dilué dans la foule des captifs.

Lavangarde et les autres avaient disparu.

Il regrettait presque sa chambre de Tong. Sa relative tranquillité. Ce camp où ils étaient maintenant entassés pêle-mêle, à plus de cinq mille, était un effroyable capharnaüm humain. Pierre, allongé sur sa paillasse, les mains croisées sous la nuque, s'efforçait de se tenir à l'écart de toute l'agitation, restant enfermé dans sa petite pièce qui avait servi autrefois de salon de coiffure. Il observait la vie du camp en spectateur. Il ne se sentait pas concerné.

Les petits trafics, les petits commerces, le bordel tenu par un légionnaire avec ses deux pensionnaires masculins, les séances de sport, les offices religieux, il voulait tout ignorer.

Il se sentait réellement étranger à tout cela.

---

[1] *Ils furent identifiés et condamnés à la libération.*

Que diable faisait-il là ?

Fort heureusement, son voisin de paillasse se trouvait dans les mêmes dispositions d'esprit. Ils fraternisèrent. N'ayant rien à faire, ils passaient des journées entières à jouer aux cartes ou aux échecs. René jouait très bien. Les parties, fort intéressantes, étaient très disputées.

Le soir venu, alors que la citadelle était endormie, silencieuse, allongés l'un près de l'autre, dans l'obscurité, ils s'entretenaient à voix basse, sur tous les sujets de société, de la condition humaine, échangeant calmement leur point de vue sur le ton de la confidence.

Au cours d'une de ces soirées rituelles, René, après leur maigre pitance rapidement absorbée, aborda un sujet particulier qui déclencha l'un des plus longs et des plus passionnés de leurs entretiens nocturnes.

– Pierre, quelle différence fais-tu entre intégration et assimilation ?

– Je pense que ces deux mots sont synonymes.

– D'après toi, notre empire colonial est-il intégré ou assimilé ?

– Je ne vois pas où tu veux en venir !

– Intégrer, c'est faire entrer par exemple une communauté dans un ensemble plus vaste.

– Oui, et alors…

– Crois-tu que notre empire colonial a été intégré ?

– Sans aucun doute !

– Je ne suis pas de ton avis ! Si l'intégration c'est le rattachement à la France d'un territoire afin de lui permettre de jouir des mêmes droits sur le plan politique et d'atteindre le même développement économique, on ne peut pas dire que notre République ait complètement réussi à la réaliser.

– Rome ne s'est pas construite en un jour ! Il faut lui donner le temps.

– Je crains qu'il ne soit trop tard maintenant. Les Japs ont, je le crains, mis un terme à notre œuvre civilisatrice !
– C'est possible, on verra bien.
Après un lourd silence et une dernière cigarette, la conversation reprit sur le thème de l'assimilation. Pour René, elle ne pouvait être pleinement achevée qu'une fois réalisée dans les mœurs, l'éducation commune, donnant à tous un même mode d'expression, de vie, une même langue.
Les mariages mixtes étaient pour lui une condition essentielle, car ils permettent une double fusion intellectuelle et biologique. Il aimait rappeler que la France s'était ainsi constituée.
Dans les temps anciens, les Gaulois avaient assimilé les Romains, les Gallo-Romains avaient à leur tour assimilé les invasions barbares : Visigoths, Ostrogoths, et autres Vandales et plus récemment les populations venues de l'Europe de l'est et du sud. Il en serait de même, pensait-il, avec les peuples d'Afrique et d'Asie. Question de temps, concluait-il !
Alors que René était redevenu silencieux, Pierre se rappela d'une autre conversation avec Lavangarde à Tong.
Lavangarde parlait d'antisémitisme, de racisme.
Il condamnait ces deux attitudes. Pour lui l'hostilité aux Juifs, conçue au début comme une mesure punitive pour venger la mort du Christ, avait pris naissance sous l'empire romain et s'était développée au Moyen Âge. Persécutés et chassés d'Italie, d'Espagne, d'Angleterre, de France et d'Allemagne, les Juifs se réfugièrent en Europe Orientale.
Les mesures anti-juives ayant été abolies, l'antisémitisme fut, disait-il, alors érigé en doctrine et se développa notamment au 19ème siècle. En France, il s'exaspéra lors de l'affaire Dreyfus, mais n'atteint jamais une forme violente et ne dégénéra jamais en pogroms comme dans de nombreux pays, notamment en Russie et en Europe centrale, ou en Allemagne à partir de 1933 avec le parti nazi qu'il avait découvert lors de son séjour à Berlin.

Pierre n'avait pas d'opinion tranchée sur toutes ces questions débattues avec ses compagnons. Elles ne l'avaient jamais tourmenté. Intégrer, assimiler, qu'importe..!

Pierre pensait qu'il n'était pas raciste, ne se sentant pas supérieur à ses semblables, comme l'étaient ces Japonais prétentieux et arrogants.

Comment pouvait-on être raciste ? Il ne comprenait pas.

Le métissage, le mélange des races, voilà l'avenir de l'humanité pensait-il !

Simone et Henri n'étaient-ils pas un exemple parfait d'assimilation ?

Le long entretien avec René l'avait passionné. Maintenant il se sentait las.

Avant de s'endormir, il fixa longtemps ce nouveau compagnon que le hasard avait placé auprès de lui. Froid, lucide, réaliste, sans illusion, il était ce que Pierre insensiblement devenait un peu plus chaque jour.

Fils d'un planteur du sud, René était revenu à Hanoi la veille du coup de force des Nippons, après avoir, avec succès, rempli sa mission, qui était d'accompagner un pilote américain de Saigon jusqu'à la frontière chinoise. Fait prisonnier, il attendait, sans impatience, la fin des évènements, persuadé de la défaite du Japon, condamné, selon lui, à perdre la guerre dès le premier jour, dès Pearl Harbour.

Il méprisait ses compagnons de captivité, non par orgueil, mais parce qu'il les trouvait insignifiants, faibles, peureux, veules, bref décevants.

Pierre lui était sympathique. Sa spontanéité, son caractère aimable, sa dignité dans l'épreuve, son intelligence, son équilibre, son rire communicatif, son détachement face aux évènements lui plaisaient.

Ils avaient en commun un fort appétit de vivre, un optimisme à toute épreuve. Ils avaient le même âge.

A leur arrivée à Hoa Binh, ils décidèrent de tout partager, c'est-à-dire rien, à l'exception d'une moustiquaire déchirée, d'une paire de brodequins appartenant à René, qu'ils mettaient chacun à leur tour, et quelques piastres devenues inutiles que René avait conservées.
Un short et une serviette autour du coup représentaient toute leur fortune.
Pour l'heure, ils étaient couchés sur leur natte pouilleuse, étendus sur le bat-flanc, côte à côte, sous leur moustiquaire trouée, misérables mais pleins d'espoir.
De nombreux prisonniers moururent de dysenterie ou de fièvre.
Ils survécurent grâce à leur constitution robuste et saine, alors que les pronostics les moins pessimistes des médecins ne donnaient pas plus de six mois de survie aux plus résistants.
Le soir tomba très vite. Dans cette région des tropiques le crépuscule ne dure pas.
Les ténèbres succèdent au jour presque sans transition.
C'était leur dernière nuit dans ce camp de misère où le destin avait décidé de les unir pour faire désormais route ensemble. Pierre, dans un demi sommeil, écoutait René lui parler une fois de plus de l'avenir. De leur liberté retrouvée.
– Tu quitteras l'armée. Tu n'y as plus ta place. Nous achèterons un camion. Il faudra ravitailler Saigon. On fera fortune. La belle vie nous attend. Tu entends, vieux frère ?
Pierre s'était endormi.
Le retour à Saigon, comme prévu, se fit le lendemain, en plusieurs étapes, dans des conditions très difficiles, épuisantes. Quelques dysentériques, entièrement vidés, véritables squelettes vivants, moururent en cours de route, abandonnés sur le bord du chemin.
Une longue et pénible marche de plusieurs jours vers Xuan-Mai.
Cette importante base japonaise servait de point de ralliement pour le regroupement des prisonniers éparpillés dans les

camps de fortune au-delà de Hoa Binh et tout au long de la route coloniale menant à Hanoi. La citadelle avait été, un mois plus tôt, presque entièrement évacuée et les prisonniers dispersés dans la nature sur ordre du Haut commandement nippon, après la chute d'Okinawa.

Le séjour à Xuan-Mai fut marqué par la famine.

Tout était désorganisé, la soupe de riz étuvé, le seul plat de résistance servi quotidiennement, n'était plus distribuée. Il fallait se battre pour récupérer les grains de riz desséchés, provenant des fonds de marmites récurées de l'ordinaire japonais, jetés dans les ornières boueuses de la route.

Des villageois, attirés par l'afflux massif des prisonniers, surent astucieusement tirer profit de la situation ; ces grains de riz furent vendus en boulettes grillées, dégoulinantes d'huile rance, à tous ceux qui possédaient encore quelques piastres.

Pierre eut sa part de boulettes grâce aux dernières piastres rescapées, redevenues utiles, de René.

Deux, trois jours sans manger, ce n'est pas grave. Mais deux, trois jours sans manger après des semaines de sous-alimentation vous rendent agressif, féroce.

L'instinct de conservation se retrouve à l'état pur, primitif.

Fort heureusement, le trajet de Xuan-Mai à Hanoi se fit en camion.

Pierre, ruisselant de sueur, allongé sur le ventre, au milieu de ses compagnons d'infortune, étouffant sous la bâche, se demandait pourquoi les Japonais prenaient autant de précautions pour les cacher. C'était pour les protéger de l'hostilité de la population avaient-ils expliqué !

La population était plutôt amorphe, les évènements allaient trop vite pour elle.

Seuls quelques éléments, fanatisés et télécommandés, parcouraient la ville en hurlant des slogans anti-français, avec la complicité bienveillante des vainqueurs de la veille.

Le camion de Pierre s'immobilisa enfin dans la cour de la caserne Bernez-Cambot.
Un des quartiers de la citadelle.
Le jour se levait sur Hanoi. Un jour comme un autre.
On était le 22 août 1945.
Le 2 septembre le Japon capitulait sans conditions.
Il avait fallu deux bombes atomiques pour le faire plier.
Hiroshima le 6 août : 200.000 victimes et Nagasaki le 9 août : 74.000 morts.
L'empereur craignant une troisième bombe, sans doute pour sa capitale, avait finalement demandé à son armée de déposer les armes, pour sauver son pays de la destruction totale.
L'orgueilleuse caste militaire, cruelle, inhumaine qui avait entraîné son pays dans la guerre s'était enfin inclinée, non sans avoir essayé une ultime fois d'empêcher le Mikado d'intervenir.
Pierre, ses compagnons et des milliers, des dizaines de milliers de Français en Indochine eurent la vie sauve grâce à l'effrayante bombe de mort.
Etait-elle nécessaire, pour que le Japon capitule ?
Certains prétendent encore aujourd'hui qu'il aurait suffit de larguer une bombe atomique dans la mer au large des côtes japonaises pour obtenir la capitulation du Japon.
Les effets effrayants de la bombe, disent-ils, auraient fait réfléchir les chefs militaires nippons. C'est méconnaître la farouche et aveuglante détermination d'un certain nombre de hauts responsables à refuser la défaite.
L'opération "Meeting House" n'avait pas réussi à faire cesser les combats.
En effet, le 9 mars 1945 au soir (pure et simple coïncidence), prenant leur vol de Guam, de Timian et de Saïpan, plus de 300 bombardiers B29 (les superforteresses) emportant chacun 7 tonnes de bombes, firent route sur Tokyo.
Le 10 mars, de minuit à 3 heures 30, survolant la capitale impériale à 1.500 m d'altitude l'armada américaine lança

2.000 tonnes de projectiles incendiaires à base de magnésium, de napalm et de phosphore.
La température devint insoutenable, le vent attisant l'incendie. Au matin du 10 mars les deux cinquièmes de la ville furent ravagés – 35 km carrés furent détruits – 250.000 maisons disparurent, le nombre des victimes, jamais connu avec certitude, étant estimé à environ 200.000.
Il a fallu attendre la deuxième bombe atomique cinq mois plus tard, pour terminer cette inhumaine et monstrueuse Seconde Guerre mondiale.

Après la capitulation du Japon, le vide provoqué par le coup de force du 9 mars 1945 en Indochine était à combler.
L'amiral Decoux, toujours sous la garde des Japonais, dès qu'il fut informé de la capitulation nippone, fit plusieurs tentatives auprès du commandement japonais et du G.P.R.F. pour reprendre ses fonctions, en attendant l'arrivée du futur Haut commissaire de la République.
Il en fut empêché.

# Chapitre 3

L'occupation chinoise.
Les Américains et le Vietminh.
Départ du Tonkin.

De retour à Hanoï, Pierre, débarrassé de sa fièvre et de ses amibes, sans un séjour à l'hôpital, ni prise en charge par une équipe de psychologues, comme cela se pratique de nos jours, fut affecté dans l'une des unités reconstituées, tant bien que mal, avec les rescapés de la tourmente : ceux de la citadelle, les survivants des camps de la mort de Hoa Binh, et se retrouva prisonnier des Chinois.

Conformément aux accords passés entre les alliés et le Gouvernement Provisoire de la République Française (GPRF), l'Indochine fut, après la capitulation japonaise, coupée en deux. La ligne de démarcation se situait sur le 16ème parallèle.

Ces deux parties correspondaient aux deux théâtres d'opérations en Asie.

Le Nord sous le commandement du généralissime Tchang Kai-Chek fut occupé par les Chinois, le Sud sous le commandement de l'amiral Mountbatten fut occupé par les Britanniques flanqués de leurs Gurkhas.

Cette curieuse coupure ressuscitait étrangement la vieille frontière politique qui séparait les Nguyen du Sud des Trinh du Nord.

Etait-ce voulu ? Ou simplement le fait du hasard de l'Histoire ?

Au cours de leur longue histoire, les gens du Nord trop nombreux dans le delta du fleuve Rouge, malgré deux récoltes de riz par an, envahirent progressivement le Sud.

Au passage, ils détruisirent le Champa, un royaume hindouisé qui occupait au 15ème siècle une partie du centre Vietnam actuel, c'est-à-dire les régions qui s'étendent au sud de Hué sur la côte d'Annam.

Une forte poussée expansionniste étendra leur influence sur le Laos peu peuplé, le Cambodge et la Cochinchine qu'ils arrachèrent aux Khmers.

Au cours de ces siècles, l'étirement du Nord au Sud entraîna une coupure virtuelle du Vietnam, entre le Nord (Tonkin plus Nord Annam) dominé par les seigneurs Trinh et le Sud (Centre et Sud Annam) dirigé par la famille des Nguyen.

Ce clivage mérite d'être retenu. Il a dominé l'histoire et pèsera sans doute encore longtemps sur les destinées du Vietnam. Les querelles des Trinh et des Nguyen, sous l'œil débonnaire et toujours intéressé du Grand Oncle chinois, prirent fin avec l'arrivée des Français à Saigon en 1859.

En 1945, soit près d'un siècle plus tard, le général de Gaulle accepta le retour des Chinois comme un moindre mal. Il est vrai que le gouvernement de Washington n'avait mis aucun empressement à fournir immédiatement des navires, le tonnage nécessaire au transport d'un corps expéditionnaire français. Washington avait tout prévu, tout programmé en cas de victoire, sauf le transport des Français qui n'était pas considéré comme une priorité absolue. Bien au contraire.

Les intentions américaines, celles du Président Roosevelt en particulier, à l'égard de l'Indochine française n'étaient pas spécialement favorables. L'anticolonialisme américain devait d'ailleurs se manifester ouvertement par la suite.

Le pouvoir de décision lui échappant, de Gaulle accepta donc le plan mis au point par les alliés.

Les Chinois, forts de leur droit, qui avaient occupé jadis une grande partie de la péninsule indochinoise pendant plusieurs siècles, envahirent donc en toute légalité le Nord Laos, le Tonkin et le Nord de l'Annam.

Ils s'y installèrent avec la ferme détermination d'y rester une fois pour toutes, comme ils avaient eu l'avantage de le faire autrefois.

En s'installant au nord du 16ème parallèle, ils avaient pour mission essentielle de désarmer les Japonais, de les regrouper à Haiphong en vue de leur rapatriement et d'assurer la sécurité des Européens.

A Hanoi, les sentinelles chinoises remplacèrent très vite les sentinelles japonaises à l'entrée de la citadelle. Dans le camp rien n'avait changé, La vie était toujours la même.
Il y régnait cependant une plus grande liberté.
Une mission militaire U.S., arrivée avec les Chinois, s'était installée en ville.
Le " Search Detachment " avait pour but avoué, comme son nom l'indiquait, de rechercher les corps des pilotes américains abattus sur le territoire tonkinois pendant les hostilités.
Avec ce détachement, d'autres Américains, avec des ruses de sioux, avaient réussi à s'infiltrer, et sous prétexte de buts humanitaires, de distributions de vivres et de médicaments, commencèrent à faire le travail pour lequel ils étaient réellement venus.
Un travail de sape.
Ils furent même soupçonnés, Washington fermant les yeux et voulant ignorer ce trafic, d'avoir livré des armes au Vietminh, le Front de l'Indépendance du Vietnam (Vietnam Doc Lap Dong Minh) le parti le mieux organisé et qui éliminera, souvent par l'assassinat, progressivement tous les autres pour prendre seul la tête du mouvement d'indépendance nationale;
Ho Chi Minh et sa suite étaient également revenus à Hanoi, dans les fourgons chinois.
La plus grande confusion régnait au lendemain de la capitulation japonaise. Le vide provoqué par le coup de force du 9 mars était à combler.
La place à prendre.
L'ancien gouverneur général, l'amiral Decoux enfermé et isolé dans une plantation du sud à Loc Ninh, tenta désespérément, mais en vain, de reprendre ses fonctions et de rétablir la souveraineté française en attendant l'arrivée et la mise en place d'une nouvelle administration, de nouvelles structures.

Les Japonais lui déclarèrent n'avoir reçu aucune instruction à son sujet.

Il resta donc enfermé.

Les Anglais, à Singapour, après la capitulation japonaise se comportèrent plus dignement.

Le général Arthur Percival[1] responsable, avant les évènements, de la défense de ce grand port stratégique qui capitula en février 1942, fut immédiatement libéré et remis en place avec toutes les prérogatives de sa fonction.

C'est lui qui reçut la reddition japonaise.

Il prit dans ses mains le sabre du général commandant les forces japonaises, qu'il brisa symboliquement en deux sur son genou replié. Après cette belle mise en scène, il fut renvoyé en Angleterre pour être mis à la retraite.

L'Angleterre entendait par là que la chute de Singapour n'avait été qu'un incident sans importance – que l'affront était lavé.

Le chef de la France libre ne pardonnait pas à l'ex-gouverneur son loyalisme à l'égard du gouvernement de la France occupée. Il voulait ignorer l'œuvre accomplie par ce dernier.

Il reconnut cependant que Decoux avait fait du bon travail, mais qu'il avait eu le tort de ne pas s'adresser à lui[2].

L'amiral fut rappelé en France. A son arrivée à l'aéroport du Bourget, un envoyé de la Sûreté nationale l'attendait :

–Vous êtes bien l'amiral Decoux ? Alors, nom, prénom, date de naissance, nom du père, de la mère, et cetera…

Pour prendre ensuite la direction du Quai des Orfèvres. Les menottes lui furent, tout de même, épargnées.

L'amiral n'eut pas droit au traitement accordé au général anglais.

---

[1] *Il fut même invité à assister, à côté du général Mac Arthur, à bord du cuirassier " USS Missouri " dans la baie de Tokyo, à la signature de la capitulation japonaise.*
[2] *" A la barre de l'Indochine. J'ai maintenu " J. Decoux.*

Dommage pour l'Histoire de France.

Le manque d'information fiable, l'ignorance des réalités indochinoises, l'élimination brutale et trop rapide des anciennes équipes, avaient influencé la décision du général de Gaulle, pourtant un grand homme d'Etat.

Et puis, cet amiral-là, n'est-ce pas, avait finalement eu le tort de ne pas se rallier à lui !

Il fallait lui régler son compte.

De Gaulle avait aussi ses ayatollahs.

On dépêcha donc, fin août, des missi-dominici au Nord et au Sud de l'Indochine, en attendant de la reconquérir.

Au Sud, Jean Cédile, dont « *la suffisance n'a d'égale que l'insuffisance* »[1], après avoir, non sans peine, obtenu des Japonais l'autorisation de demeurer en liberté, régla rapidement son compte à l'amiral Decoux.

Il laissa, dans l'attente de l'arrivée des Anglais, les troupes françaises de l'ancienne armée, l'armée vaincue, enfermées dans leurs casernements.

Le résultat ne se fit pas attendre : le sang français coula.

Ce furent d'abord les massacres de la cité Héraud, deux cents femmes et enfants sauvagement torturés et abattus puis, par la suite, une série quotidienne d'attentats et d'assassinats.

Jean Sainteny[2], l'envoyé spécial du G.P.R.F. dans le Nord, fut parachuté à Gia Lam, l'aéroport d'Hanoï. Plus chanceux que Pierre Messmer parachuté dans la nature en août, qui fut arrêté par le Vietminh et qui ne put rejoindre la Mission française qu'en octobre.

---

[1] *A la barre de l'Indochine. J'ai maintenu, page 343 J. Decoux.*
[2] *Il fut à l'origine de l'accord Ho Chi Minh / Sainteny (Modus vivendi du 6 mars 1946), reconnaissant la République du Vietnam, comme Etat libre de la Fédération Indochinoise dans l'Union Française. Accord devenu caduc après le bombardement de Haiphong (23 novembre 1946).*

Sainteny fut, lui aussi, dans un premier temps arrêté, mais par les Japonais, puis logé sous surveillance dans les bâtiments du gouvernement général.
Auparavant, le 16 août, l'amiral Thierry d'Argenlieu avait été nommé Haut commissaire. Dès le 18 août, soit quarante-huit heures après la fin des hostilités avec le Japon, les premières manifestations débutèrent à Hanoi.

Les difficultés commencèrent, multipliées par les manœuvres affairistes et louches du général Lou Han, grand seigneur de guerre, et les complaisances de la mission américaine placée sous les ordres du général Nordlinger et de son adjoint le major Patty, agent important de la C.I.A.
Chaque camp cherchait à prendre l'avantage, à faire prévaloir ses intérêts, sa politique. Les pions étaient en place.
La partie pouvait commencer.
L'enjeu d'importance : l'avenir de l'Indochine.

De nombreux éléments, à Hanoï notamment, avaient été négligés, oubliés, laissés intentionnellement de côté. Les anciens prisonniers qui ne demandaient qu'à servir, toujours parqués à l'intérieur de la citadelle, restaient inutilisés sous la garde " amicale " mais ambiguë des Chinois.
Leur captivité avait changé de visage. Ce n'était pas encore la liberté, mais le cauchemar avait pris fin.

Des avions américains, si menaçants la veille, survolaient pacifiquement, en rase-mottes, en d'acrobatiques figures la citadelle et la ville d'Hanoï, comme pour une fête aérienne.
Les familles, les femmes et les enfants réunis, apportaient aux prisonniers et aux survivants de Hoa Binh des provisions, des sucreries, du chocolat, de la confiture et des gâteaux secs, symboles d'une douceur de vivre. Les retrouvailles se faisaient, avec l'espoir revenu, dans la joie et la bonne humeur.

On s'embrassait. On se congratulait. On n'avait plus peur.
On respirait enfin. Les Japonais n'étaient plus les plus forts.
Tout allait s'arranger, redevenir comme avant. Du moins le pensait-on. Mais chacun se trompait lourdement.
Ayant été enfin autorisé à quitter la Chine, de retour à Hanoï, le général Alessandri instaura un Etat-major Particulier de l'Infanterie Coloniale, sous le sigle E.M.P.I.C.
Pierre Malroy, grâce à sa parfaite connaissance de l'anglais, fut mis à la disposition du Bureau de Liaison franco-américano-anglo-sino-vietnamien.

Une antenne britannique était montée de Saigon pour prendre contact avec les nouveaux occupants du Nord.
Pierre se retrouva en possession d'une carte d'identité rédigée en quatre langues.
Cette carte, sorte de laissez-passer officiel, lui permettait de sortir de la citadelle et de circuler librement en ville.
Il en profita pour s'installer de nouveau chez le père de son ancien ami qui fut tout heureux de l'accueillir par ces temps incertains et inquiétants.
Habillé de neuf, une élégante tenue américaine au tissu soyeux sur le dos, sans signe de grade apparent, de belles chaussures souples aux pieds, bien nourri, il se sentait un autre homme.
Il passait ses journées avec le capitaine Jack Berry, responsable du "Search Detachment".
Il s'acquittait consciencieusement de son rôle d'interprète.
En réalité, il avait été chargé de rapporter au chef du Bureau de Liaison tous les faits et gestes des Américains et de ne pas les quitter d'une semelle.
Jack était un joyeux drille. Il bénissait la guerre qui avait transformé sa vie.
D'un chauffeur de locomotive de son Oregon natal, elle avait fait de lui un officier de la plus puissante armée du monde. Il en était très fier. Il jouissait sans complexe de sa nouvelle et

brillante situation. Conscient que cela prendrait fin un jour, il la vivait intensément.
Tout était prétexte à satisfaire ses fantaisies. Il s'amusait. Ce qui ne l'empêchait pas de s'acquitter scrupuleusement de ses fonctions. Pierre accompagnait Jack et son équipe dans tous ses déplacements. C'est ainsi qu'il se rendit un jour, avec ses nouveaux compagnons, à Haiphong.

Le capitaine Berry voulait interroger le général japonais qui commandait en chef au Tonkin. Ce général, avec son état-major, se reposait à Doson, autrefois petit port de pêche à l'embouchure du fleuve Rouge, non loin du grand port tonkinois, transformé par les Français en station balnéaire très fréquentée avant les dramatiques évènements du 9 mars.
Les Japonais, confortablement installés dans les élégantes et luxueuses villas du bord de mer, attendaient, en coulant des jours paisibles, sans remords et bien patiemment, leur rapatriement.
Les bateaux américains tardaient à venir.
L'arrivée de Jack, de ses compagnons et de Pierre, troubla pendant quelques jours leur tranquillité, dérangea leurs agréables habitudes.
– Amenez-moi tous ces lascars, commanda Jack, en s'installant, entouré de ses lieutenants et de Pierre, devant une table garnie d'énormes sandwiches et de bonnes bouteilles de bière bien fraîche.
Le tout petit général au crâne rasé de frais, le col bien boutonné et en chaussons, se présenta avec quelques officiers tirés à quatre épingles. Après les courbettes d'usage, ils se figèrent tous à la demande de Jack dans un garde-à-vous rigide et impeccable.
– Pierre, dis-leur que nous voulons savoir ce qu'ils ont fait des six pilotes américains que nous n'avons pas encore retrouvés.

Un jeune commandant japonais qui parlait couramment le français, fort heureusement, ancien de Saint-Cyr lui aussi, servit d'interprète et traduisit la demande transmise par Pierre.
Japonais jusqu'au bout des ongles, il faisait semblant de ne pas comprendre et poussait l'insolence jusqu'à se faire répéter plusieurs fois la question en prenant un air faussement benêt.
Les réponses étaient toujours fuyantes, évasives, le général à son tour ne comprenait pas, soi-disant, les questions. Il fallait, sans cesse, les répéter. Les Japonais ne savaient rien.

Sans doute les pilotes s'étaient-ils écrasés accidentellement dans la jungle. Il fallait être bête pour ne pas avoir pensé à cette hypothèse. Les Japonais ne le disaient pas, mais le laissaient hypocritement entendre.
Les interrogatoires durèrent des heures.
Il y eut plusieurs séances.
Berry se plaisait à Doson et semblait vouloir prolonger indéfiniment son séjour, à tel point que Pierre se demanda si les Américains étaient vraiment venus pour interroger sérieusement les Japonais ou si ce déplacement ne cachait pas autre chose, quelques petits trafics, non avouables, à traiter.

Attentif à toutes les conversations, l'oreille aux aguets, il ne découvrit cependant rien de suspect. Logé dans une villa vidée de ses Japonais, au bord d'une petite plage, il fit la connaissance, au cours de sa dernière journée de repos, d'une charmante personne allongée sur le sable qui prenait son bain de soleil.
Mais il n'eut pas le loisir, comme il l'avait souhaité, de faire la conquête de cette jeune et belle inconnue, faute de temps, le retour à Hanoï étant prévu le lendemain.

Le dernier jour passé avec les Japonais fut très divertissant.
Après quatre heures d'un dialogue de sourds, le petit général, toujours au garde-à-vous, n'y tenant plus, eut une faiblesse et demanda un verre d'eau.
Il faisait très chaud. Jack, magnanime, après avoir malicieusement laissé tomber dans le verre plusieurs petits comprimés effervescents destinés, selon lui, à redonner des forces, invita le Japonais à le vider.
Le petit bonhomme, sans hésitation, les traits impassibles, avala le tout sans broncher.
A la fin de la séance, Jack fit signe de la main, comme on chasse une mouche, aux Japonais de débarrasser les lieux.
Il les avait assez vus.
Le général, cloué sur place, les fesses serrées, raidi, droit comme un piquet, ankylosé, ne pouvait plus bouger.
Ses officiers l'emportèrent en le soulevant de terre par ses poings fermés, les bras collés le long du corps.
Jack, toujours aussi facétieux, pour s'amuser, avait administré une forte dose de pilules laxatives au glorieux guerrier pour mettre ses intestins en déroute.
Pierre à son tour, jugea bon de lancer sur un ton railleur, parce qu'il avait envie d'être désagréable avec l'officier interprète alors que ce dernier quittait les lieux, blanc de rage et de honte, en soutenant son chef, ce quolibet qui se voulait méprisant :
– La prochaine fois, pour éviter de perdre la face, il faudra tous nous supprimer. Vous avez eu tort de nous laisser en vie.
Le regard meurtrier que lui lança le Japonais ne laissait aucun doute sur ce qu'il pensait.
Cette petite torture infligée au ventre du général et la raillerie de Pierre étaient loin d'égaler les années de barbarie nipponne et n'avaient satisfait personne, même si elles avaient pu faire rire un court instant.
Une chose était certaine, à Doson, cet épisode cocasse marquait pour le petit général la fin d'un rêve impérial.

Le grand empire du Soleil Levant au-delà des mers ne se ferait pas. Un simple capitaine américain assisté d'un jeune lieutenant français s'étaient moqués de lui et l'avaient humilié. Il ne lui restait plus qu'à se faire hara-kiri.

Les randonnées à travers le delta étaient somme toute assez rares. La majeure partie du temps se passait à Hanoi, dans la belle et spacieuse villa qui avait été réquisitionnée pour y installer les bureaux et le logement des membres du "Search Detachment".

Jack était un maître de maison digne de la grande tradition des Grands-Ducs.

Il n'en avait pas le style, ni la classe mais les surpassait en magnificence.

L'oncle Sam était très généreux. Il tenait table ouverte tous les jours. La chère était abondante, riche et variée, souvent excellente. Il est vrai qu'après six mois de misère, tout paraissait merveilleux. Les bouteilles se vidaient par cartons entiers.

Jack était un grand buveur. Il découvrit avec joie le Pernod qu'il se mit à boire de bon matin pour se rincer les dents comme il aimait à le dire en riant. Il tenait bien l'alcool et enterrait habituellement tous ses convives.

Pierre, après quelques semaines tourbillonnantes vécues hors du temps avec ses Américains, retrouva progressivement son équilibre. Cette vie agitée, désordonnée ne lui convenait pas. Ne lui convenait plus. C'était une vie épuisante.

Les lendemains d'ivresse étaient pénibles. Sa santé à peine retrouvée s'en ressentait. L'alcool était une drogue pernicieuse. Il devait se reprendre et penser sérieusement à son avenir.

Après plus de six mois de vie monacale, de réclusion forcée, cette agitation lui avait tourné la tête. Il s'y était jeté à corps perdu, pour se détendre, se défouler.

A sa première sortie de la citadelle, il avait cherché à retrouver Simone. Elle avait disparu. Geneviève et Madame Bellemont étaient introuvables. Ses amis étaient dispersés.
Il ne reconnaissait plus Hanoi.
Le cercle sportif était fermé. Les endroits fréquentés n'étaient plus les mêmes.
*La Pagode,* où l'on ne servait plus qu'un mauvais café, était envahie par les Chinois.
Ces Chinois étaient partout.
La grande majorité des soldats étaient très jeunes, ils découvraient, avec des rires d'enfants, les avantages et les bienfaits matériels de la civilisation occidentale.
Ils apprenaient à monter à bicyclette, s'amusaient comme des gamins à appuyer sur les boutons de sonnette et s'esclaffaient en voyant venir quelqu'un leur ouvrir la porte.
L'électricité, l'eau courante, les voitures, les belles maisons, tout était nouveau pour eux et un sujet d'émerveillement.
Tout semblait être en place comme auparavant, mais tout était différent. Pierre avait la sensation qu'un rideau opaque avait été tiré sur sa vie passée.
Il avait perdu de vue René, son frère de captivité. Rapatrié auprès de sa famille, quelques jours après son retour de Hoa Binh, comme beaucoup d'autres sudistes, sur Saigon.
Pierre se demandait comment il pourrait bien faire pour le rejoindre un jour.
Ils avaient fait des projets ensemble sur leur bat-flanc de misère.
Il fallait les mettre à exécution. Il fallait quitter l'armée, quitter Hanoï, se rendre à Saigon qu'il ne connaissait pas encore, pour y mener une nouvelle vie et non pas rester sur place à errer comme un fantôme dans une ville en ébullition, devenue étrangère pour lui, une ville remplie de Chinois pillards, d'Américains sans doute sympathiques mais très superficiels et trop intéressés.
Il fallait faire quelque chose ! Mais quoi ?

Les évènements étaient plus forts que lui, alors il fallait bien vivre au jour le jour et faire la besogne qui lui avait été assignée, en attendant, tout ayant une fin, les changements qui s'annonçaient. La pâte était en fusion, il en sortirait bien quelque chose.
La situation présente ne pouvait être que provisoire. Oui, on vivait bien sur un volcan.
Il finirait bien par exploser !
Les manifestations anti-françaises se multipliaient en ville. Le coup porté à l'autorité coloniale par les Japonais était plus mortel qu'on aurait pu le supposer. Au lieu de soigner la blessure, le gouvernement de la France avec de mauvais remèdes l'envenimait.
Le Vietminh, dès le mois d'août, avait obligé Bao Dai, l'empereur d'Annam, à abdiquer, pour proclamer et établir une république démocratique et indépendante.
Des conseils du peuple furent installés aussitôt dans tous les villages du Nord.
Bao Dai, lui-même, devint le conseiller suprême du nouveau gouvernement révolutionnaire sous le nom de Monsieur Vinh-Thuy, pour peu de temps, il est vrai, avant de se retirer à Hong Kong.
Le quadrillage du pays s'organisait au profit des communistes. Les autres partis nationalistes étaient impuissants à s'opposer. Le VNQDD[1], soutenu par les Chinois, disparut aussi vite qu'il était né, éliminé par un Vietminh intraitable et conquérant.
Pierre vivait ces évènements en spectateur cherchant à les comprendre.
Comme beaucoup, il ne saisissait pas toujours très bien ce qui se passait. Etant dans la fournaise, il manquait de recul pour

---

[1] *VNQDD : Viet Nam Quoc Dân Dâng, parti nationaliste Vietnamien.*

analyser la situation. Ses fonctions auprès des Américains étaient très subalternes.

Mais en revanche, elles lui procuraient de nombreux avantages. Il ne manquait de rien. Il circulait en ville librement de jour comme de nuit grâce à son laissez-passer, alors que l'insécurité était permanente malgré le couvre-feu.

Les Français s'enfermaient chez eux. Se barricadaient. Vivaient dans la peur continuelle d'être empoisonnés, massacrés, et attendaient avec angoisse et incertitude leur rapatriement en métropole.

Les soirées chez Berry étaient de plus en plus fréquentées. C'était le seul endroit où l'on pouvait s'amuser. Ces soirées se terminaient toujours à l'aube. Chaque soir de nouvelles têtes se présentaient. Les femmes étaient de plus en plus nombreuses. Des aventures se nouaient et se dénouaient souvent sans lendemain. Pierre, en service commandé, ne pouvait pas y échapper.

Il s'y ennuyait souvent, évitait de s'enivrer mais n'y arrivait pas toujours. Un soir, après son septième ou huitième verre de whisky, alors qu'il était assis dans un confortable fauteuil du hall d'entrée, son poste d'observation préféré, et écoutait d'une oreille distraite un jeune lieutenant originaire du Texas lui raconter sa vie en lui montrant des photos de sa fiancée, sa vue se brouilla, son cœur se mit à battre violemment, si fort qu'il faillit en lâcher son verre.

Simone était apparue dans l'encadrement de la porte.

Resplendissante dans une robe chinoise bleue à grandes fleurs blanches moulant son incomparable corps, souple et ondoyant. Toujours aussi belle et provocante.

D'un bond il se leva, le sang à la tête, dégrisé.

– Simone…

– Pierre…

Deux cris étranglés, échappés de leur gorge, mais arrêtés nets par l'arrivée d'un grand gaillard en uniforme qui s'enquit, l'œil interrogatif, dans un français hésitant :
– Simone, un ami de toi ? One of your friends ?
L'effet de surprise passé, Simone fit les présentations.
– Pierre, un ancien camarade. Mike Kent, mon fiancé.
Pierre s'attendait à tout depuis le 9 mars, il savait que la face des choses pouvait changer en un rien de temps, il s'attendait à tout, sauf à cela. *Mike Kent mon fiancé !*
Il avait bien entendu. Il n'était plus ivre. Simone attendait, légèrement inquiète, sa réaction. Le grand gaillard était tout sourire. Une vraie réclame de dentifrice.
Surmontant son trouble, se ressaisissant, il leva son verre et sur un ton qui se voulait joyeux, il cria presque :
– Mike, je vous offre un verre. Il faut célébrer vos fiançailles, et puis vous me raconterez votre vie.
Les Américains adorent raconter leur vie. Montrer leurs photos de famille. Tous trois se mirent à rire et se dirigèrent vers le bar où Jack, installé à sa place préférée, les reçut avec la plus grande cordialité.
Les doses de Bourbon, sa bouteille préférée qu'il sortit exceptionnellement à la demande de Pierre pour cette situation singulière, furent particulièrement corsées.
– Pas plus haut que les bords ! éructa-t-il en frappant Pierre dans le dos.
– That guy can drink, dit-il en versant à boire à Mike.
Jack avait immédiatement compris de quoi il retournait, Pierre lui ayant souvent parlé de Simone. Pour lui marquer sa sympathie, il entraîna Mike au salon pour lui faire les honneurs de la maison et le présenter à tous les invités.
Simone, après quelques gorgées de bourbon avalées tout doucement du bout des lèvres, lui demanda avec son air le plus désarmant ce qu'il faisait là.
– Je t'attendais...Je te cherche depuis des mois, souffla Pierre. J'ai survécu uniquement pour te retrouver, te revoir.

Il exagérait, mais au point où il en était, il était prêt à tout inventer pour la reconquérir. Il ajouta :
– Tu as vraiment l'intention de te marier avec ce cow-boy ?
– Ecoute Pierre, cela fait des mois que je vis avec Mike.
 Il a été très bon, très gentil. J'ai vécu des heures affreuses après le 9 mars. Mon père a été massacré et ma mère, violée par les Japonais, est morte. J'ai réussi à m'échapper, à me sauver pour me réfugier à la campagne chez ma grand-mère aux environs de Phu Ly.
– Viens, ne restons pas là, coupa Pierre.
Il l'entraîna dans le bureau de Jack.
Il voulait être seul avec elle.
– Encore une fois, as-tu l'intention de te marier avec ce garçon ? gronda-t-il, alors qu'il commençait à s'échauffer.
– Mike et moi partons pour Los Angeles la semaine prochaine. Pense à moi, sois gentil.
Simone se rapprocha de Pierre et moulant son corps contre le sien, elle l'enlaça et lui tendit ses lèvres. Pierre la serra furieusement contre lui pour prendre ses lèvres offertes comme un noyé qui se raccroche à une branche. Il lui dévora le visage. Mordant sa bouche. La pressant, l'étouffant.
Simone se dégagea doucement.
– Pierre, arrête...je commets sans doute une erreur, mais Mike est si bon, si généreux avec moi. Il m'aime, il est fou de moi.
Pierre n'écoutait plus. Il reprit Simone dans ses bras.
– Viens, partons, allons chez moi, j'ai une chambre en ville.
– Mais non… je t'aime toujours, mais c'est impossible.
Elle était aussi troublée que lui. Les souvenirs revenaient, les submergeaient.
Elle se coula dans ses bras pour une nouvelle étreinte.
Soudainement, elle se débattit, luttant farouchement de toutes ses forces pour se dégager.
Pierre interdit, desserra sa pression.
Simone, apparemment hors d'elle, le gifla violemment.
– Lâche-moi, espèce de brute !

Mike venait d'entrer dans le bureau. Pierre qui tournait le dos à la porte ne l'avait pas vu arriver. Il comprit aussitôt le réflexe, le comportement de Simone.
En pleurant, elle se précipita dans les bras de son géant pour s'y blottir et implorer sa protection.
Mike, les yeux lançant des éclairs, pâle de colère contenue, l'écarta doucement, puis s'avançant vers Pierre, prenant tout son temps, lui décocha un direct du gauche en hurlant :
– You, son of a bitch…bloody frenchy !
Puis prenant Simone par les épaules ils quittèrent lentement la pièce sans dire un mot.
Simone, avec un misérable petit sourire, les yeux mouillés de larmes, implorant silencieusement son pardon, regarda tristement Pierre pour la dernière fois.
Pierre, groggy, se releva, un sourire amer au coin de la bouche, son mouchoir à la main pour essuyer le sang qui coulait de sa lèvre tuméfiée.
" Pense à moi…Sois gentil ! "
Il serait gentil, puisqu'elle le voulait ainsi.

Le séjour en Indochine de Jack Berry touchait à sa fin.
La présence de son unité n'était plus nécessaire, ne se justifiait plus.
Les "Liberty ships" américains étaient enfin arrivés à Haiphong et le rapatriement des Japonais terminé. Les difficiles négociations entre la France et le Vietminh se poursuivaient.
Les Chinois ne bougeaient toujours pas. Ils avaient pourtant reçu l'ordre, leur mission terminée, de se préparer à retraverser la frontière.
Jouisseur incorrigible, Jack voulut satisfaire, avant de retourner dans son pays, une de ses dernières envies.
Il voulait fumer de l'opium. Une expérience qu'il désirait faire à tout prix. L'occasion était trop belle. La tentation trop forte.
Il ne reviendrait sans doute jamais plus, pensait-il, dans ce

foutu pays, comme il l'appelait à présent à la veille de son départ.

Une fumerie, dans son esprit, devait être un lieu de débauche, où l'on devait trouver des créatures de rêve prêtes à satisfaire toutes vos fantaisies et le meilleur alcool du monde.

– Pierre, toi qui es un enfant de ce sacré foutu pays, tu dois savoir où trouver une fumerie.

La question lancée à la fin d'une soirée particulièrement arrosée, prit Pierre de court.

Il ne s'attendait pas à ce que Jack lui demandât un tel service.

Pierre, ses bonnes résolutions envolées, désenchanté à la suite de sa rencontre avec Simone et qui en était à un énième dernier verre, promit pour avoir la paix, Jack étant très insistant, tout ce qu'on voulait.

N'ayant jamais mis les pieds dans une fumerie, il s'était néanmoins engagé à conduire, le lendemain même, Jack et ses deux lieutenants du "Search Detachment" dans l'endroit désiré, pour ne pas décevoir, son prestige étant en jeu, pensait-il.

Il prit donc contact avec une vieille connaissance, opiomane invétéré, ami intime de son ancien logeur misanthrope.

La fumerie indiquée se trouvait dans l'avenue du Grand Bouddha non loin de la voie ferrée, un endroit retiré et discret.

L'arrivée bruyante de l'équipe Berry, en jeep, le lendemain soir, après l'heure du couvre-feu devant la porte close, sema la panique dans l'établissement.

Pierre dut parlementer longtemps avec la mère Loulou, une eurasienne couverte de bracelets et de bijoux, totalement affolée.

Pour la rassurer, il lui promit une montagne de dollars.

Elle consentit enfin à ouvrir sa porte lorsqu'elle fut entièrement convaincue qu'il s'agissait bien, non de Français, mais de militaires américains aux poches bien garnies.

Les filles en tenue légère qui se présentèrent, pépiant comme des moineaux en fête pour offrir leurs services, furent écartées sans façon.

Le groupe, Jack en tête, fut invité à se diriger vers les salles richement décorées, réservées aux fumeurs.

La pénombre, le silence, le serviteur tout de noir habillé, au visage impassible, sans expression, assis sur ses talons, déjà installé pour préparer en professionnel la première pipe, les tentures brodées d'or et d'argent, les bat-flanc recouverts de beaux tapis de soie, garnis de magnifiques coussins multicolores, invitaient à se taire et à se recueillir.

Les fêtards impressionnés, intimidés, se déchaussèrent et s'allongèrent en silence, sans un mot, émus et vaguement effrayés.

Déjà la première boulette d'opium, placée d'une main experte et habile à l'extrémité d'une aiguille, se gonflait, se boursouflait, se dorait, grésillait au-dessus de la flamme d'une lampe à huile, en répandant une odeur pénétrante.

Jack eut droit à la première pipe. Il aspira la précieuse fumée d'un trait, d'une seule et longue inspiration, comme cela lui avait été indiqué. Il réussit même à avaler toute la fumée comme un habitué, un fumeur expérimenté.

Quel coffre ! Il n'en revenait pas lui-même. L'acte n'ayant duré que quelques secondes, décontenancé, déçu, insatisfait, il alluma une cigarette, tandis qu'une ombre lui présentait un minuscule bol de thé.

A tour de rôle, ils fumèrent tous entrecoupant les pipes de thé et de cigarettes.

Dans une ambiance feutrée, calme, personne ne cherchait à élever la voix pour imposer son opinion, son point de vue, pour avoir raison.

Les conversations se prolongèrent fort tard dans la nuit, agrémentées pour quelques-uns d'un bref passage chez les filles.

Pierre, prudent et déjà averti, fuma très peu, cinq à six pipes seulement qui eurent pour effet de guérir un rhume de cerveau qu'il traînait depuis une semaine.

Jack en fuma plus d'une vingtaine qu'il aspirait goulûment, répétant à chaque fois, mais de plus en plus faiblement qu'il ne ressentait rien.

Le lendemain fut atroce pour lui. Blanc comme un spectre, parcouru de frissons, couvert de sueurs froides, les mains moites, il vomit toute la journée, à se retourner les tripes.

– Je suis content, je suis très content, mais for heaven sake, plus jamais ça, never again ! répétait-il en hoquetant sans cesse.

Quelques jours plus tard, il quitta Hanoï avec toute son équipe, non sans avoir donné pour la dernière fois une soirée inoubliable, au cours de laquelle il prit la plus grande cuite de sa vie.

Son adieu au Tonkin.

Pierre le regretta. Il avait passé, somme toute, de bons moments avec lui.

Un bon compagnon, chaleureux, humain, tolérant, dépourvu de méchanceté.

Allait-il redevenir chauffeur de locomotive, la guerre finie ?

Depuis un certain temps le bruit courait en ville que les troupes françaises arriveraient prochainement à Hanoï.

Elles avaient déjà débarqué début octobre à Saigon et assuré progressivement au cours des mois suivants la relève des troupes britanniques, réoccupant la Cochinchine, poussant une pointe jusqu'à Ban Me Thuot et la frontière cambodgienne, consolidant leur situation en direction du Laos.

Un accord avec la Chine avait été signé à Tchong-King fin février.

Ho Chi Minh, élu depuis le 2 mars Président de la République Démocratique du Vietnam, avait signé avec Sainteny le modus vivendi du 6 mars.

On se réjouissait que tous ces accords permettent le retour des forces françaises au nord du 16ème parallèle.

Le retour de l'armée française à Hanoï, le 18 mars 1946, un an à une semaine près du coup de force japonais, fut triomphal.

Un véritable délire.

Les chars de la 2ème D.B. du général Leclerc, couverts de fleurs et de grappes humaines, remontèrent lentement la rue Paul Bert. Toute la population française était là. L'enthousiasme, la fièvre, la frénésie, le déchaînement de la foule, surpassèrent, selon les témoins, l'accueil réservé par les parisiens ou les strasbourgeois deux ans plus tôt à ces mêmes unités.

Les femmes se jetaient au cou des héros du jour, les couvrant de baisers, prêtes à s'offrir à ces merveilleux libérateurs, si admirables, si virils dans leurs beaux uniformes.

Les Chinois pliaient bagages.

Ils cédaient le terrain, à contrecœur.

La mauvaise humeur du général Lu Han s'était auparavant exprimée à Haiphong où les troupes françaises furent accueillies à coups de canon.

Cette canonnade meurtrière fut mise sur le compte d'un grave malentendu.

Lu Han n'avait pas été prévenu. Son consentement n'avait sûrement pas été monnayé.

Les Chinois sont très doués pour expliquer les raisons d'un malentendu.

Contraints et forcés, ils abandonnèrent pourtant le territoire si facilement conquis.

Ils emportèrent dans leurs bagages tout ce qui était transportable. Les portes, les fenêtres, les équipements sanitaires, électriques. Les camions, les chariots de fortune étaient pleins à craquer, chargés de malles et d'objets de toute sorte.

Un nettoyage en règle. Un travail de fourmi. Seuls les murs des maisons restaient en place. Derniers vestiges d'une civilisation disparue.

La belle et exemplaire division d'honneur du général Lu Han, équipée à l'américaine, se métamorphosa en horde Gengis-khanesque au fur et à mesure qu'elle prenait la direction de la frontière chinoise, en remontant la RC1, via Bac Ninh, Dong Mau et Lang Son.

Frontière qu'elle refusa de franchir. Une autre division chinoise l'attendait de pied ferme pour partager le butin.

Le général Lu Han et ses hommes, pas partageux, rebroussèrent donc chemin en direction d'Hanoï.

Les menaces du général Leclerc, qui ne reposaient que sur un bluff énorme car il n'avait pas les moyens de s'opposer au déferlement de cette horde, obligèrent tout de même Lu Han à s'arrêter à hauteur de Dong Trieu entre Hanoï et Haiphong.

Son unité, avec armes et bagages, fut finalement dirigée sur Haiphong et embarquée sur des navires américains pour être acheminée vers Dairen en Mandchourie, où le glorieux mandarin rallia immédiatement les victorieuses forces communistes de Mao Tsé-toung.

Son aventure tonkinoise était terminée. Sa carrière de chef communiste commençait.

Les Chinois partis, les Français soulagés, protégés par leur armée commencèrent à s'organiser, à préparer le rapatriement des familles.

Coupés de la France depuis plus de sept ans pour la plupart, ils avaient hâte de rentrer, ne serait-ce que pour se refaire une santé. Pour beaucoup d'entre eux la relève s'imposait. D'autres envisageaient de revenir.

Dans l'armée, un fossé très vite se creusa entre les anciens et les nouveaux.

Les nouveaux, resplendissants de santé, arboraient des uniformes étincelants.

Les anciens, maigres et pitoyables, étaient pour la plupart habillés de frusques japonaises.

Non seulement l'apparence mais les mentalités, souvent opposées, les différenciaient, les séparaient. Pour les nouveaux reçus en triomphateurs, les anciens avaient perdu la guerre, ils n'avaient pas su se faire aimer de la population locale.

Un jour, un jeune lieutenant, fraîchement débarqué, apostropha durement Pierre :

– Vous avez du en faire beaucoup pour qu'ils vous détestent à ce point-là !

Les manifestations anti-françaises en étaient, pour lui, la preuve.

Ces anciens avaient bien sûr collaboré avec les Japonais ; il était temps de les rapatrier. On allait leur montrer comment il fallait s'y prendre pour faire aimer et respecter la France.

On n'avait pas besoin de ces minables, malades et vérolés. Les nouveaux allaient sauver l'Indochine.

Pierre, outré par ces propos abusifs se retint pour ne pas lui envoyer son poing dans la figure. L'altercation se prolongeant il fallut finalement les séparer avant qu'ils n'en viennent à se battre.

L'épuration commença. Epurer des gens qui n'avaient pas collaboré avec les Japonais ne fut pas une mince affaire.

Pierre, écœuré, demanda à bénéficier des mesures de dégagement proposées aux officiers de l'ancienne armée.

Retrouver René n'avait pas été non plus étranger à sa décision.

De jeunes officiers de réserve, recrutés localement, formés à Tong pendant l'occupation japonaise et promus aspirants ou sous-lieutenants, s'étant vu refuser l'accès à une annexe de Coëtquidan, installée à Dalat, sous prétexte que l'Ecole était uniquement réservée aux sous-officiers, aspirants et officiers de réserve du corps expéditionnaire, suivirent son exemple et demandèrent également à quitter l'armée.

En août 46, ils furent nombreux à être embarqués sur un navire de guerre à destination de Saigon pour y être démobilisés.

Unique moyen à l'époque, d'assurer dans les meilleures conditions de sécurité le rapatriement des Français du Tonkin vers le Sud.

Le croiseur, le " Duquesne ", sur lequel Pierre embarqua, pour des raisons inconnues remonta le golfe vers le Nord en direction du port charbonnier de Hon Gay, où il séjourna plusieurs jours.

Pierre découvrit avec ravissement la baie d'Along, cette merveille du monde.

Ébloui, fasciné par ses innombrables rochers impressionnants, percés de grottes mystérieuses, bordés pour la plupart de minuscules plages au sable très fin, émergeant d'une mer couleur d'émeraude sous un ciel d'un bleu lumineux, il passait des heures entières à se baigner dans cette mer si chaude, à bronzer sur la petite plage de l'île de Vat Chay, toute proche.

Ce séjour paradisiaque fut hélas de trop courte durée.

Le navire regagna Haiphong.

En quittant l'embouchure du fleuve Rouge, au large de Doson, en voyant les côtes s'éloigner, les bras croisés appuyés sur le bastingage, Pierre eut le cœur serré.

Il était triste. C'étaient ses dernières années de jeunesse qu'il laissait derrière lui.

Cinq ans passés sur cette terre du Tonkin, si accueillante, où il avait été heureux, où il avait aimé, où il avait souffert, où il ne reviendrait sans doute jamais, mais qu'il ne pourrait jamais oublier.

Elle avait été pour lui, avec beaucoup d'autres, comme sa seconde patrie.

Le navire, tous feux allumés, silencieusement dans la nuit sans étoile, glissant sur les flots, l'entraînait vers un autre destin.
Un destin d'homme.

# Chapitre 4

Le ravitaillement de Saïgon.
La guerre avec le Vietcong.
Fin du régime Ngo Dinh Diem
Arrivée massive des troupes américaines.
Pierre Malroy et Odile.

Le dodge au nez écrasé roulait à vive allure sur la route latéritée pour éviter les vibrations causées par la tôle ondulée.
Pierre Malroy, assis à côté du conducteur, de grosses lunettes noires sur le nez pour se préserver de la poussière ocre et chaude et de la meurtrière réverbération qui l'aveuglait au travers du pare-brise, donna un coup d'œil à sa montre.
Dans un petit quart d'heure ils quitteraient la zone réputée dangereuse. Saigon était loin, Ban Me Thuot tout proche.
A chaque voyage, c'était la même chose. Une course folle contre la mort vous guettant à chaque tournant. Le Vietminh était présent partout et nulle part.
Ses embuscades redoutées. Plus d'un camion, d'un convoi avaient déjà été décimés sur cette route sanglante.
Maurice, le conducteur, torse nu, les mains crispées serrant fortement le volant, faisant corps avec le véhicule, évitant adroitement les moindres obstacles qu'il connaissait par cœur jusque dans ses moindres creux, ses moindres bosses, regardait fixement au loin devant lui.
Il semblait vouloir avaler les kilomètres, pressé d'arriver vivant à bon port, pour s'offrir une bonne bière bien glacée.
Ancien sous-officier de la coloniale, il avait décidé, n'ayant plus aucun lien familial avec la métropole, de refaire sa vie en Indochine. Il avait accepté de s'associer avec René Perrin, son ancien chef de section, le compagnon de captivité de Pierre.
Maurice était un homme solide, courageux, sûr et d'un grand dévouement.
– Allume-moi une cigarette Pierre, s'il te plait, demanda-t-il en donnant un grand coup de volant sans détourner la tête.
La première bouffée, avidement avalée, le calma et il se sentit moins nerveux, ce qui rassura Pierre qui craignait, malgré sa confiance, de se retrouver les quatre roues en l'air après chaque virage pris à grande vitesse.
Les deux hommes étaient trempés de sueur, couverts de poussière. Ils avaient quitté Saigon à quatre heures du matin,

il faisait presque froid. Maintenant, la chaleur était accablante et humide.

Pierre de son regard filtrant, scrutait intensément les deux côtés de la route, prêt à donner le signal de sauter, d'abandonner le véhicule et de balancer les grenades posées devant eux ?

Lac Thieu dépassé, il poussa un soupir de soulagement et alluma à son tour une *Mitag*. La fumée acre et amère lui brûla la gorge, le calma à son tour ; c'était un mal plaisir, formule que Le van Quat aimait employer et que Pierre avait retenue.

Le parcours le plus dangereux était fait. Enfin ! On arrivait.

Rouler sans la protection des convois militaires était très risqué, mais aujourd'hui la marchandise à livrer au retour ne souffrait aucun délai. Il fallait rentrer à Saigon au plus tôt. René avait promis de livrer dans les quarante-huit heures les balles de thé et les sacs de café.

Pierre s'était habitué à sa nouvelle vie. Une vie dangereuse, mais qui rapportait gros. Le ravitaillement de Saigon était, en cette fin d'année 46, assuré également par de nombreux transporteurs routiers, tant chinois que français. Aux risques réels s'ajoutait une concurrence agressive et violente.

Le tribut payé par les Chinois, soit directement soit indirectement, au Vietminh, expliquait, justifiait le montant élevé du fret et le prix de vente des marchandises à Saigon. Les Français s'alignaient sur les prix des Chinois.

René et Pierre s'y retrouvaient grâce à leurs relations personnelles et amicales avec les planteurs. Ils obtenaient à l'achat de la plupart des produits, des prix inférieurs à ceux consentis généralement aux autres. Ne faisant jamais défaut et étant toujours ponctuels, ils étaient très sollicités et appréciés par les commerçants chinois de Cholon, la grande ville-marché de Saigon. Mais les affaires malheureusement n'étaient pas toujours aussi faciles.

Arrivé à Saigon au mois d'août, après un voyage sans histoire sur le « Duquesne », une aventure agréable à bord et un deuxième séjour enchanteur sur les plages de Nha Trang où le navire s'était arrêté pendant 48 heures, le grand port de la capitale du Sud étant encombré, Pierre ne fut pas long à retrouver René.

Les Saïgonnais à cette époque, sans se donner de rendez-vous précis, en parcourant la rue Catinat de la place de la cathédrale à l'hôtel *Majestic* sur les quais, ou en prenant un verre au Cercle Sportif, ou un café liégeois à *La Pagode*, ou l'apéritif à la terrasse du *Continental,* étaient certains de se rencontrer. C'était inévitable.

Le soir, les endroits préférés pouvaient être soit *La pointe des blagueurs* au bord de la rivière, rare endroit pour profiter en fin de journée d'un peu de fraîcheur en écoutant le clapotis de l'eau, soit *Le Grand monde* à Cholon, important centre de loisirs où l'on pouvait perdre jusqu'à sa chemise en jouant au *Taï Siou* et à d'autres jeux de hasard.

L'hôtel *Continental* de monsieur Franchini, personnage important, était également, en fin de soirée, un grand pôle d'attraction, le point de rencontre obligé des hommes d'affaires, espions, agioteurs et trafiquants de tout poil.

Après le dîner, tout le monde se retrouvait à *La Plantation.*

Une boite de nuit dirigée par un certain monsieur Jean où, sous des ventilateurs de bois aux pales immenses, on s'entassait à s'étouffer pour danser sur les derniers airs connus les swings et les slows joués par un orchestre philippin, le meilleur de la ville, qui s'était fait une réputation irrésistible avec son indicatif *In The Mood* de Glenn Miller.

Après un court passage à la direction de la prison de Chi Hoa, chargé de la surveillance de quelques criminels de guerre japonais en instance de jugement, le Bureau de Garnison, où Pierre avait été affecté à son arrivée à Saigon, ne tarda pas, à sa demande, de le libérer de ses obligations militaires.

Rendu à la vie civile, il ne fut donc pas long à reprendre contact avec son ancien compagnon de Hoa Binh et encore moins long à s'installer chez lui.

Il fit ainsi la connaissance de Monique, l'épouse de René qui l'accueillit et l'adopta avec enthousiasme dès le premier jour.

Grâce à leur rappel de solde de captivité, ils s'associèrent pour acheter avec la participation de Maurice, mécanicien confirmé, partenaire indispensable et précieux pour se lancer sur les routes défoncées du Sud-Vietnam et du Cambodge, un dodge, laissé pour compte de l'armée britannique.

Dès le mois d'octobre, Pierre s'était donc lancé dans cette extraordinaire et périlleuse aventure : le ravitaillement de Saigon.

Il avait tenu, cette fois-ci, en prenant la place de l'aide mécanicien, à accompagner Maurice dans cette dangereuse randonnée.

Une fois de plus le camion était revenu intact, sain et sauf de sa longue course, chargé à ras bord, croulant sous le poids des tonnes de sacs de café et de thé, au grand soulagement des trois propriétaires.

A chaque voyage ils investissaient la totalité de leur capital. C'étaient aussi paniquant que de jouer à la roulette russe, mais plus exaltant. La chance les avait jusqu'à ce jour favorisés. Une fois de plus la vente, après la remise du chargement dans les entrepôts du vieux Lu Sanh à Cholon, avait été plus que profitable. Une très bonne affaire.

Ils décidèrent d'aller, pour fêter l'heureuse performance, sabler le champagne à *La Plantation*.

Leur lieu de détente favori.

Ils y arrivèrent peu après minuit. La fête battait son plein, la piste de danse noire de monde. Jean, le patron, se déplaça personnellement pour recevoir de si bons clients et les installer tant bien que mal à une table déjà encombrée de plusieurs verres à moitié vides.

Chez Jean, cela faisait partie de l'ambiance et personne ne s'en formalisait. Sans se connaître, on se coudoyait, on se mêlait sans cérémonie, pour s'amuser, rire et danser.

Pierre, une coupe à la main, tout en se balançant nonchalamment sur sa chaise, regardait d'un air distrait les couples évoluer sur la piste.

Son esprit était ailleurs, perdu dans les brumes du Tonkin ou dans ce méchant virage, après le col de Bao Lac, ce passage redoutable pour un camion lourdement chargé.

Une petite silhouette retint peu à peu son attention et sans qu'il s'en rende compte son regard bientôt ne la quitta plus.

Il la suivait dans son mouvement circulaire au bord de la piste.

L'orchestre attaqua *Jumping at the roadside* de Count Basie, un des airs du moment, souvent joué parce que très dansant. Elle était devant lui, si près qu'en étendant le bras il aurait pu la toucher.

Soudain, comme sortant d'un songe, il réalisa l'attrait qu'exerçait sur lui cette inconnue. Svelte, menue, gracieuse, elle dansait. Elle était le rythme, la musique même, et lui, fasciné, vivait la danse avec elle.

Brusquement l'orchestre s'arrêta. Sans un regard pour son cavalier, elle se dirigea vers Pierre.

Le souffle court, les jambes molles, surmontant son trouble, il se leva prêt à croire au miracle. Il se reprit vite en réalisant sa méprise. Suivie de son compagnon, elle regagnait tout simplement sa table, la table qu'il occupait avec René. Deux autres couples arrivèrent presque en même temps.

Les présentations faites, Pierre offrit le champagne.

Il n'avait retenu qu'un prénom : Odile.

Tout en participant d'un air absent à la conversation, il l'observait.

Elle était mieux que jolie, elle avait du charme. Une bouche bien dessinée, des fossettes qui se creusaient au moindre sourire, un petit nez retroussé, tout concourait à lui donner un air espiègle et attirant. Des yeux verts, pailletés d'or. De l'or encore plein sa chevelure qui accrochait toute la lumière multicolore de la salle. Et pourtant, il lui semblait déceler un fond de tristesse cachée dans son regard.

Pierre se secoua, vida son verre d'un trait, et se moqua de lui-même : « Mon pauvre vieux, tu n'es vraiment pas en forme, un peu plus et tu jouais au psychologue. Ce n'est pas ton genre, voilà où mène l'abus de champagne, et ton air ému en contemplant cette main sans alliance ! Toi, qui fuis les jouvencelles comme la peste ! Toi, qui fuyais Geneviève à Hanoï. »

Un bruit de chaises le tira de ses pensées. Les compagnons de table prenaient congé.

– Qui sont-ils ? demanda-t-il à Monique, après leur départ.

– Des nouveaux, des Français 45. Mon pauvre ami, tu n'as donc pas entendu ? Vraiment tu n'es pas en forme ! Enfin, pas une danse, pas une parole.

Pas en forme ? Tiens, Monique aussi s'en était aperçue.

Se sentant fébrile, fatigué aussi par cette longue journée passée sur la route de Dalat, brusquement déprimé, il décida d'aller se coucher et quitta sans cérémonie René et Monique surpris par son comportement inhabituel.

Cette inconnue l'avait troublé, intimement touché.

La semaine suivante fut laborieuse et plutôt agitée.

Les ennuis semblaient s'accumuler avec plaisir. Le vieux Lu Sanh était dur à convaincre, un renard rusé et habile, exigeant sur la marchandise, intraitable sur les prix.

Seul Pierre arrivait par sa gentillesse, son savoir-faire, son entregent, la considération et la déférence qu'il lui manifestait, à humaniser ce diable d'homme.

Il lui fallait user de beaucoup de persévérance, revenir sans cesse sur les conditions d'un contrat. Contrat toujours non écrit.

A l'opposé de sa nature profonde, il était devenu très patient. En affaires, il avait appris à se taire et à écouter. Attendre et choisir le moment propice pour placer les mots essentiels. Sans en avoir vraiment conscience, il mettait en pratique les enseignements et les conseils de son vieil ami Le van Quat, lui aussi disparu après la tourmente du 9 mars.

Les repas chinois succédaient aux repas chinois, les *kampés* aux *kampés*.[1]

Dans une ambiance chaleureuse et amicale, après plusieurs jours de négociations, de dîners pantagruéliques interminables servis par de charmantes taxi-girls de *l'Arc-en-ciel* [2] invitées à partager les repas, un accord était finalement toujours conclu.

Lu Sanh estimait Pierre. Il appréciait sa tournure d'esprit qu'il trouvait par certains côtés semblable à la sienne. Il était sensible à ses attentions. Ce Pierre était devenu un vrai Chinois. C'était un vrai plaisir que de discuter avec lui.

Pour lui marquer son amitié, il cédait en fin de compte sur quelques points, en éclatant de rire.

Aller chercher du riz, des fruits et des légumes à My Tho ou Can Tho, des cochons ou de la volaille au Cambodge, du thé ou du café sur les hauts plateaux, des feuilles de crêpe ou des balles de caoutchouc dans les plantations d'hévéas, était l'affaire de tous les transporteurs, mais enlever un contrat parce qu'on est sympathique et que l'on a su gagner l'amitié d'un Chinois était tout autre chose.

Pierre et son équipe avaient une très bonne réputation. Ils étaient de parole et toujours ponctuels en livraison.

Les canards et les cochons, la future livraison demandée par son meilleur client et ami, seraient fournis comme à l'accoutumée dans les délais, quitte à rouler en solitaire sur la

---

[1] *Kampé : équivalent de cul-sec.*
[2] *L'Arc-en-ciel : célèbre cabaret dancing de Cho Lon.*

route de Phnom Penh. Lu Sanh voulait aussi du miel sauvage à prendre du côté de Mimot.
Ces transactions avec le vieux Lu Sanh l'avaient accaparé. Quelques autres contrats plus modestes, mais non négligeables pour remplir le camion à l'aller, lui avaient donné également beaucoup de soucis.

La semaine s'était donc écoulée sans qu'il s'en aperçût.
La ville avait été nettoyée durant la nuit par un violent orage, une pluie torrentielle inhabituelle à la veille de Noël. L'air était presque frais. Le ciel d'un bleu étincelant.
Il faisait bon. Le temps à vous mettre de bonne humeur.
Pierre, sortant de sa banque, remonta le boulevard Charner, se frayant un passage, gêné dans sa marche par la multitude de badauds et de flâneurs agglutinés devant les étalages multicolores de jouets, appareils de radios, livres, friandises, fleurs, objets divers, répandus à profusion sur les trottoirs, décorés de fleurs et de guirlandes en plastique, inondés de soleil ; un amoncellement d'objets et d'articles de pacotille made in Hong Kong.
Il jetait un regard amusé sur ce bric-à-brac, quand soudain il la vit, accroupie au milieu des jouets.

Accélérant le pas, il la rejoignit alors qu'elle se redressait, les bras chargés de plusieurs poupées japonaises et de petits lapins roses en peluche tout frisés.
– Bonjour, vous jouez au Père Noël ?
Odile, surprise, regarda cet homme qui lui souriait. Son visage ne lui était pas inconnu. Mais où l'avait-elle déjà rencontré ? Sans chercher plus longtemps, se détournant de lui, elle s'adressa au Vietnamien qui se tenait près d'elle pour déposer, non sans mal, dans ses bras sa moisson de poupées.
– Nam, portez tout ça à la voiture et revenez.
Puis souriant à Pierre :

– Vous ne croyez pas si bien dire et puisque le ciel vous envoie, aidez-moi.
Elle reprit sa quête de jouets. Pierre, ravi de la manière dont cette rencontre se poursuivait, l'observait. Une enfant, une véritable enfant. Elle était encore plus jolie que dans son souvenir et si blonde !
Elle prenait un réel plaisir à manipuler, à choisir ces babioles qu'elle déposait d'un geste vif, son choix fait, dans les bras de Pierre.
– Voilà, je pense que cela suffit. Si j'ai oublié quelque chose pour un des enfants, j'enverrai le chauffeur demain pour compléter mes emplettes. D'ailleurs, je ne vois pas comment vous pourriez en porter davantage, ajouta-t-elle un brin moqueuse. Mais que fait-il ce chauffeur ?
– Que de jouets ! Vous êtes pourvue d'une famille nombreuse ? interrogea Pierre avec une pointe d'ironie mêlée d'inquiétude.
– Je suis confuse d'abuser ainsi de vous, accompagnez-moi jusqu'à la voiture, voulez-vous ?
Pierre ne se fit pas prier, heureux de se montrer utile.
Libéré de son chargement, il aperçut un jouet tombé à ses pieds. Le ramassant, il le tendit à Odile.
– Oh ! Mon bébé chien. Je me l'étais réservé.
Elle le contempla une seconde, puis elle le tendit à Pierre.
– De la part du Père Noël.
Elle semblait vouloir, par cette espièglerie, faire oublier cette confidence sur elle-même. Puis elle disparut aussitôt dans la voiture qui démarra immédiatement.
Pierre se retrouva seul sur le trottoir sans avoir pu dire un mot, le jouet dans la main. Il le regarda un instant, le mit dans sa poche un sourire aux lèvres, et reprit sa marche.
Odile, rentrée chez elle, donna quelques ordres rapides à son *Bep* et à sa *Thi Ba,* avant de se diriger vers sa salle de bains pour pendre une bonne douche froide.

Elle était pressée. Elle était en retard, elle était d'ailleurs toujours en retard, n'ayant pas la notion du temps.

Alors qu'elle se séchait énergiquement, nue devant son miroir, en écoutant son denier disque acheté la veille, quand résonna soudain *Jumping at the roadside*.

Le visage de Pierre se dessina dans la glace, si présent, si réel que d'un geste pudique elle referma sur elle sa serviette de bain.

*La Plantation,* mais oui, bien sûr, c'était là qu'elle l'avait rencontré pour la première fois ! Pierre... enfin Pierre quelque chose. Sympathique mais peu bavard.

Ce qui n'était pas pour lui déplaire. Cela la changeait de tous ces hommes, tous les mêmes, qui se mettaient à débiter mille fadaises sous prétexte de faire la cour à une jolie femme.

Elle faisait semblant de jouer le jeu, car elle était coquette et acceptait en souriant les avances des plus hardis, mais quelques réparties bien placées faisaient comprendre bien vite à ces galants qu'ils en seraient pour leurs frais.

– Odile, es-tu prête ? Nous allons encore être en retard, dépêche-toi. Je t'attends dans le hall.

Hubert de Treignac, son mari, s'impatientait.

Arrivé à Saigon dans le sillage du Haut commissaire, il occupait un poste important dans les Services Économiques. Petit, sec, brun de chevelure et de peau, c'était un homme cassant et hautain, fier de son nom et de ses origines.

Il était tombé éperdument amoureux d'Odile et l'avait épousée sur un coup de tête à la veille de son départ en Indochine, contre le gré de sa famille.

Plus âgé qu'elle, il la traitait comme une petite gamine.

Impressionnée plus qu'attirée par lui, Odile ne réalisait toujours pas comment elle en était arrivée à être, du jour au lendemain, l'épouse d'un Haut fonctionnaire à Saigon, loin de sa Corrèze natale.

Tout avait été trop vite. Elle n'aimait plus son mari. Elle le respectait et lui était reconnaissante de la sécurité qu'il lui assurait, mais ne pouvait pas s'empêcher de ressentir une certaine crainte bien qu'il fut gentil et bon avec elle, mais d'une bonté tyrannique. Ils vivaient ensemble, côte à côte, lui dominateur et satisfait, elle docile et soumise.
Elle le rejoignit rapidement dans le hall.
Nam, le chauffeur, à une allure folle, en virtuose, après une série de virages dignes d'un slalom géant, évitant les cyclo-pousse, les vespas, les tac-à-tac ou boites d'allumettes, dans un brouillard de fumée asphyxiant à couper au couteau, les déposa devant le Sun Ya, le restaurant le plus élégant, le plus cher de Cholon.
De Treignac avait été, une fois de plus, invité à déjeuner par de riches négociants chinois qui désiraient obtenir de lui des licences d'exportation de riz à destination de Shanghai.
Odile avait en horreur ce genre de festivités qui se renouvelaient un peu trop souvent à son goût ces derniers temps.
Le déjeuner s'étira, s'éternisa. A tous ces plats sophistiqués elle préférait les bonnes soupes mitonnées dans les cuisines ambulantes qu'elle se faisait apporter par son *Bep,* le cuisinier. De Treignac se moquait d'elle. Elle n'avait, disait-il, aucune éducation culinaire.
Elle le savait et ne s'en souciait guère. Ce n'est pas au couvent de Sainte-Marie de Tulle qu'elle aurait pu acquérir cette science gastronomique. Peu importe, elle avait la vie devant elle pour tout apprendre, pour se parfaire.

A la fin du repas, après les attentions et politesses d'usage, une taxi-girl assise derrière elle et placée là pour la servir, entraîna Odile sur la piste de danse.
Surprise et choquée, elle se laissa cependant faire.
La Chinoise dansait très bien, Odile prit même un certain plaisir à valser avec elle. Elle apprit par la suite que les

Chinois par respect offraient des cavalières aux épouses de leurs invités. Il aurait été inconvenant pour eux de les inviter à danser.

Il est très difficile de résister très longtemps au sortilège chinois. Ils ont l'art et le talent d'obtenir ce qu'ils veulent.

Ce n'est pour eux qu'une question de patience et de temps.

De Treignac n'était pas de taille. Il se laissa circonvenir sans comprendre qu'il allait être le jouet de leur machination.

On se quitta très bons amis avec beaucoup de sourires en se promettant de se revoir bientôt et souvent.

Les Chinois venaient de réussir un gros coup. Le mari d'Odile était joueur et l'avait dit. Il accepta sans difficulté et sans méfiance de participer à des soirées de poker. Comment refuser à des gens aussi sympathiques, aussi prévenants et aussi aimables. En les fréquentant, Hubert de Treignac se persuada, était persuadé qu'il était vraiment quelqu'un.

Il considérait que les témoignages d'admiration et de respect manifestés par ces nouveaux amis étaient des hommages mérités.

Vaniteux, comme beaucoup de ses semblables, il ne mettait pas en doute les flatteries dont il était l'objet. Et puis ces Chinois étaient tellement sincères. Il était vraiment quelqu'un. Les soirées passées entre hommes se terminaient très tard.

De Treignac ne perdait jamais, enfin très rarement. Il gagna au cours des mois qui suivirent leur première rencontre une petite fortune. De belles Chinoises furent admises à ces soirées privées. Elles commencèrent à s'intéresser à lui.

Elles le trouvaient beau.

Il le croyait. Il finit par succomber un jour aux charmes et aux avances de ces hétaïres professionnelles. Ces Chinoises étaient expertes. Il connut avec elles de nouvelles voluptés.

Il était pris au piège.

La corruption en Asie n'a pas le même sens qu'en occident. D'abord, est-ce corrompre de Treignac que de le laisser gagner au poker ? Est-ce le corrompre que de choisir ensuite

de somptueuses créatures pour les mettre dans son lit ? Certainement pas, c'est honorer et contenter un ami.
Certes on attend de lui, bien longtemps après, en échange, quelques menus services. Il n'y a pas de corruption possible entre amis. Il faut donc, n'est-ce pas, devenir d'abord des amis, auxquels on ne peut rien refuser ensuite.
Tout est là. Question de culture.
Les Chinois sont très généreux. Lorsque de Treignac reçut à son domicile sa première caisse de champagne, il la renvoya sur-le-champ par le même porteur.
Ses amis chinois eurent le sentiment d'avoir commis une maladresse. Ils l'avaient sous-estimé. Ils l'avaient évidemment vexé. Aussi, ils lui adressèrent le lendemain, pour se faire pardonner deux caisses qu'il ne sut pas refuser, comme toutes les nombreuses caisses qui arrivèrent par la suite.
Odile, de son côté, était émerveillée par les bijoux qu'elle recevait et acceptait en toute innocence, et les attentions dont elle était l'objet.
La vie pour les Treignac s'écoulait, facile, heureuse.
Ils allaient de réception en réception, de dîner en dîner.
Comme tous les Saïgonnais, ils s'amusaient, insouciants, indifférents aux attentats, aux grenades qui semaient la mort autour d'eux.
La guerre, la guerre oubliée, s'intensifiait pendant ce temps-là sur tout le territoire indochinois. Le Tonkin était menacé.
Les évènements se précipitaient.
Les Hauts commissaires se succédaient. Ils ne demeuraient guère en place.
D'Argenlieu avait cédé sa place à Bollaert, lequel avait été remplacé par Pignon.
Les Commandants en chef ne duraient guère plus longtemps.
Après Leclerc, après Valluy, Blaizot et Carpentier s'étaient enlisés.

La prise de pouvoir de Mao Tsé-toung en Chine suivie en 1950 du déclenchement de la guerre de Corée transforma le conflit vietnamien.

Il perdit alors son caractère de reconquête coloniale pour prendre une dimension internationale. Une guerre idéologique opposant les deux blocs Est-Ouest.

L'appui sino-soviétique permit aux communistes vietnamiens d'engager des formations nouvelles, puissamment armées.

Face à une situation de plus en plus critique, fortement dégradée, le général Revers préconisa l'abandon du Haut Tonkin et le regroupement de ses forces dans le delta.

Le gouvernement français, inquiet et affolé, décida alors, ultime recours et pour la première fois, de confier tous les pouvoirs civils et militaires à un seul homme, le général de Lattre de Tassigny.

Le roi Jean, c'était son surnom, qui avait exigé, avant de donner son accord, d'obtenir ces deux responsabilités, rétablit remarquablement la situation, puis consacra ensuite tous ses efforts à la mise sur pied d'une armée nationale Sud-vietnamienne.

Malheureusement, il mourut terrassé par la maladie en 1952.

Son grand mérite fut aussi, en bravant tous les préjugés et les vieilles rancunes, d'avoir fait appel à des collaborateurs de l'amiral Decoux pour le conseiller.

Des hommes d'expérience qui connaissaient bien l'Indochine, notamment l'ancien Résident supérieur du Cambodge.

A la suite de son décès, de Lattre fut remplacé par Letourneau et le général Salan, lesquels cédèrent rapidement la place à Dejean et Navarre.

Le général Navarre décida, en novembre 53, de créer à Diên Biên Phu un camp retranché pour défendre un Laos menacé et pour en finir, pensait-il, avec les Viets !

L'humiliante et tragique défaite de Diên Biên Phu, suivie des accords de Genève en 1954 sonnèrent le glas de la présence française.

Hanoï fut évacué en 1955, Saigon en 1956 à la demande du nouveau gouvernement du Sud-Vietnam présidé par Ngo Dinh Diem, l'ami des Américains.

Conduite par six Hauts commissaires et sept Commandants en chef, cette première guerre de huit ans se termina mal pour les Français et le prestige de la France.
Il est vrai qu'elle avait mal commencé.
Le fanatisme intransigeant de l'amiral Thierry d'Argenlieu, hostile aux accords Sainteny / Ho Chi Minh, et pour qui il n'était pas question de céder la Cochinchine, devait l'emporter sur le réalisme, la sagesse et l'humanité du général Leclerc.
Limogé par d'Argenlieu, il fut rappelé à Paris en juin 46.
Après de laborieuses et difficiles négociations, menées tant en France que localement, avec des arrière-pensées inavouables, face à la farouche volonté des nordistes de ne rien céder sur la réunification des trois Ky (Tonkin – Annam – Cochinchine), la rupture fut définitivement consommée en décembre 46, avec l'offensive armée du Vietminh[1].
Les deux Etats, reconnus par les accords de Genève, la République Démocratique du Nord-Vietnam et la République du Sud-Vietnam, devinrent l'enjeu des puissances étrangères.
Les élections générales, prévues en 1956 pour la réunification du Vietnam n'eurent pas lieu.[2]
Pour le Nord, frustré de son Sud, la lutte doit continuer et l'objectif, un Vietnam uni sous son contrôle, doit être atteint.
La guerre, presque aussitôt, reprit son cours.

---

[1] *L'attaque surprise du Viet Minh à Hanoï contre les forces françaises, le 19 décembre 1946, marque le début de la guerre d'Indochine.*
[2] *La République du Sud-Vietnam s'y étant opposée, craignant un trucage des élections.*

De nombreux mécontents, déçus par la politique despotique de Diem, rallièrent les rangs du Viêt-Cong et se groupèrent sous la bannière du FNL (Front National de Libération).

L'arrivée massive en 1965, des troupes U.S. et alliés (Sud-Coréens et Australiens) vint soustraire le Sud à l'influence et à la mainmise des communistes du Nord pour une dizaine d'années encore.

Tous ces tragiques évènements, les attentats, les massacres, les bombardements n'empêchaient pas la vie de continuer, les affaires et les trafics de toutes sortes de prospérer.

Alors qu'en Métropole la télévision faisait frémir tous les jours, les Français à l'heure du souper, en diffusant des images atroces et horribles de la sale guerre, à Saigon, la population l'ignorait ou semblait vouloir l'ignorer.

Depuis longtemps, Pierre Malroy avait abandonné, vendu son camion.

Le ravitaillement de l'agglomération saïgonnaise était correctement assuré.

Le transport héroïque, devenu de plus en plus dangereux, n'était plus payant. Inutile.

Il avait acheté un restaurant qu'il avait rendu célèbre. Il recevait en smoking ses hôtes, tous les soirs. Sa table était bonne, réputée, les vins de France savoureux, l'ambiance agréable, l'assistance choisie.

Le *Yin-Yang* comptait parmi sa nombreuse clientèle les de Treignac. C'était devenu le lieu favori d'Odile. Elle y entraînait souvent son mari pour y retrouver Pierre qu'elle trouvait sympathique, mais aussi pour la changer des repas chinois.

Hubert de Treignac avait beaucoup changé. Il avait enfin compris que les Chinois s'étaient servis de lui pour gagner beaucoup d'argent en obtenant ses faveurs et des passe-droits. Sa conscience s'en était accommodée et il n'avait pas le sentiment d'avoir mal agi ou d'avoir lésé qui que ce soit.

En revanche il s'était fait des amis chinois, ce que n'avaient pas su faire, disait-il avec une certaine arrogance, ses prédécesseurs.

Sa dernière conquête, dont il était devenu un peu l'esclave – les femmes asiatiques sont connues pour leur don de fabriquer des breuvages magiques propres à inspirer l'amour et à s'attacher l'homme de leur choix - l'empêchait de réfléchir sérieusement aux malversations qu'il commettait en faveur de ses nouveaux amis.

Il était content, satisfait de lui. Tout était donc parfait dans le meilleur des mondes.

Odile s'était aperçue de cette métamorphose. Son mari la délaissait de plus en plus, mais elle n'en souffrait pas trop.

Elle se laissait entraîner dans le vertigineux tourbillon de sa vie saïgonnaise et semblait y prendre un certain plaisir, lucide cependant, persuadée que cette vie factice, artificielle ne pouvait durer éternellement.

Pierre aussi avait changé. La mort de René, lâchement et sauvagement assassiné par les Viets, l'avait profondément marqué.

Monique avait rejoint sa famille en France.

Maurice, ruiné dans de mauvaises affaires, avait disparu au Laos où, pensait-il, il pourrait se refaire.

Le jeune homme candide, naïf que Pierre avait été, avait fait place à un homme dur, froid, intraitable en affaires.

Il consacrait tout son temps au *Yin-Yang* qui ne désemplissait pas.

Mais cette nouvelle vie qu'il menait ne le satisfaisait pas vraiment.

Il n'était pas heureux, même s'il voyait souvent Odile.

De nombreux mois s'étaient écoulés depuis leur première rencontre. Il était content de l'avoir retrouvée. Il la trouvait chaque fois plus belle. Cette femme l'attirait.

Il était amoureux mais n'osait pas se déclarer.

Habitué à fréquenter des femmes faciles, il ne savait pas comment l'aborder vraiment. Audacieux dans la vie, il était timoré en amour.

Au cours d'une de ces soirées au *Yin-Yang* qu'appréciait Odile, Pierre remarqua que de Treignac ne s'intéressait qu'à sa voisine, la belle, fascinante, provocante et voluptueuse Chau. Pierre la connaissait pour l'avoir rencontrée à l'époque des convois de ravitaillement et l'avoir appréciée au cours d'un dîner chez le vieux Lu Sanh.

Elle avait été parfaite, mais ses liaisons avec elle furent toujours éphémères.

Son aventure avec Chau fut donc sans lendemain. Le fait de penser qu'elle couchait avec de Treignac le fit sourire.

Pendant le dîner, son attention se fixa plus longuement sur Odile. Leurs regards se croisèrent. Le courant passa. Il comprit soudain pourquoi lors de leur première rencontre il avait décelé un soupçon de tristesse au fond de ses yeux.

De Treignac trompait sa femme. Depuis longtemps. Son séjour en Indochine l'avait complètement détaché d'elle.

Il avait découvert auprès des autres femmes de ce pays des voluptés nouvelles, une jouissance qu'il n'avait jamais éprouvé avec Odile.

De son côté, elle ne souffrait pas d'être délaissée. Équilibrée, tranquille, elle ne recherchait pas les aventures. Elle manquait seulement de tendresse.

Pierre, la fixant toujours, s'approcha d'elle et l'invita à danser.

C'était un slow. Il la serra tendrement dans ses bras. De plus en plus fort. La main plaquée sur son dos nu. Il faisait très chaud.

Il avait remarqué l'attrait sensuel qu'exerçaient sur lui les cheveux d'Odile, si souples, si soyeux. Il était troublé par son odeur. Ce corps flexible, léger, docile, contre le sien le faisait frissonner de plaisir, trembler d'émotion.

Ils dansèrent sans prononcer un seul mot, les lèvres de Pierre effleurant l'oreille d'Odile. La danse terminée, il la serra

encore plus fort contre lui, attendant immobile la danse suivante.
Puis...dans un souffle, très doucement, très lentement, il murmura :
– Je t'aime.
Renversant la tête en arrière, la gorge offerte, levant les yeux vers lui, elle lui sourit.
Ivre de bonheur, Pierre l'entraîna dans une valse que l'orchestre entamait à l'instant. Ils tourbillonnèrent ainsi, longtemps enlacés.
Elle devint sa maîtresse le lendemain.
S'étant donnée à Pierre, elle ne chercha pas à savoir pourquoi. Il lui plaisait. Elle ne regrettait rien. Elle l'aimait. Elle était amoureuse pour la première fois. Pierre était un amant délicat, sensuel. Il était plus que cela : tendre, affectueux, sensible. A son écoute, attentif à tout ce qui la concernait, il voulait tout savoir d'elle et elle, si secrète, se livrait à lui sans crainte d'être humiliée.
Et dire qu'elle s'était satisfaite des années durant de son mari. Elle se rendait compte à présent à quel point ces premiers exercices conjugaux étaient de piètres choses, dérisoires qui ne méritaient pas le nom d'amour. Hubert, au lit, se comportait à la hussarde et la prise à peine terminée, satisfait, une cigarette au bec, il reprenait sa lecture un instant abandonnée.
Il est vrai qu'elle n'imaginait pas qu'il puisse y avoir autre chose.
Elle découvrait avec Pierre mille autres caresses.
Pierre, qui n'avait jamais pensé à l'avenir, se mit à faire des projets. Après le divorce d'Odile, il vendrait son affaire et rentrerait en France.
Ils s'installeraient quelque part sur la Côte d'azur, sur les bords de la Méditerranée, et pourquoi pas dans une île grecque, déserte.
Il rêvait. Il approchait de la quarantaine. Il s'embourgeoisait.

Il avait compris que les Américains, après les Français, ne viendraient pas à bout des gens du Nord. C'était une fausse guerre, monstrueuse, stupide.
Elle n'en finissait pas. Les quelques milliers de conseillers civils américains de Diem avaient cédé la place à une armée d'un demi million d'hommes. Pour la gagner, il aurait fallu un vrai front. Les dés une fois de plus étaient pipés. L'ennemi dans Saigon. Les gens du Sud ne pensaient qu'à s'enrichir.
Aucune ville au monde n'avait atteint depuis l'Antiquité un tel degré de stupre, de dépravation, de corruption. Saigon était devenu un immense lupanar où tous les trafics se pratiquaient.
Dans ce bourbier, Pierre avait découvert une perle. Il voulait l'emporter avec lui, très loin, fuir cette ville défigurée qu'il ne reconnaissait plus, qu'il n'aimait plus.
Odile était prête à le suivre n'importe où. Sa passion pour Pierre était profonde alors que les assauts amoureux de son mari n'avaient jamais réussi à l'émouvoir.
Pierre, avec tact et beaucoup de patience, lui avait fait découvrir qu'elle était sensuelle et qu'elle pouvait ressentir un immense plaisir aux jeux de l'amour.
Il s'émerveillait de son innocence, de sa pureté, de son ingénuité.
Cette science qu'il tenait de Simone, il la communiqua à Odile.
Certes, il l'aimait charnellement, il aimait sa peau, son odeur, ses cheveux, mais il l'aimait tendrement. Un amour nouveau qu'il n'avait jamais éprouvé aussi intensément auparavant. Il aurait donné sa vie pour elle. Un sentiment qui ne l'avait jamais effleuré non plus.
De son côté Hubert de Treignac menait sa vie. Il ignorait qu'ayant délaissé sa femme, elle le trompait à son tour. Ses relations avec les riches négociants chinois, ses parties de cartes et ses coucheries ne restèrent pas inaperçues.

Il fut l'objet d'une discrète enquête. Il ne s'en souciait guère, persuadé que ses amis politiques en France le soutiendraient.

Sa connaissance du trafic des piastres[1] auquel il participait le rassurait, de nombreuses personnalités étaient impliquées avec lui. Le scandale d'une valise diplomatique remplie de dollars n'avait pas eu de suite. Son prédécesseur aux Services Economiques, inculpé pour avoir touché des pots de vin, s'en était très bien sorti. Il avait été rapatrié en France pour être jugé. Un non-lieu avait été prononcé.
Le scandale des licences d'exportation délivrées par de Treignac n'éclata pas.
La mort lui épargna le déshonneur.
Alors qu'il se rendait en mission au Laos, l'avion qui le transportait disparut corps et biens dans la jungle non loin de Paksé.
Lorsque Pierre annonça la nouvelle à Odile, elle resta impassible, semblant ne pas comprendre ce qu'il lui arrivait. Aucune larme, aucun mot. De Treignac était effacé à jamais de sa mémoire. Dans la semaine qui suivit, elle s'installa chez Pierre.

La situation devenait de plus en plus confuse à Saigon.
Attentats sur attentats !
Ngo Dinh Diem n'avait plus la confiance des Américains.
Son frère Ngo Dinh Nhu avait, disait-on, des contacts secrets avec les communistes du Nord.

---

[1] *Ce trafic pouvait se faire en jouant sur la différence entre le taux officiel de la piastre (17 francs) et son cours sur les marchés libres ou parallèles (10 francs, ou moins). Les transferts ne pouvaient se faire qu'avec l'accord de l'Office Indochinois des Changes. (O.I.C) qui ne maîtrisait pas, semble-t-il, tous les trafics.*

Le 2 novembre 1963 un coup d'Etat conduit par le général Duong Van Minh, avec l'appui de la C.I.A. mit fin à neuf ans de règne de la famille Ngo.

L'autoritarisme de Diem n'était plus supportable. Réfugié avec son frère à Cholon ils furent capturés tous les deux et exécutés par des officiers de Minh dans le véhicule blindé qui les ramenait à Saigon. Sur ordre, paraît-il ?

La célèbre Madame Nhu, sa belle-sœur, très impopulaire chez les bouddhistes, avait quitté, fort heureusement pour elle, la capitale du Sud-Vietnam quelques semaines auparavant sur un vol de la compagnie T.A.I.

La vie devenait de plus en plus difficile. Les affaires s'en ressentaient. Ce coup d'Etat était le prélude à d'autres coups d'Etat. Les Français étaient de moins en moins acceptés.

Pierre et Odile décidèrent donc de quitter le pays livré à l'anarchie. Pour le retour en France, ils prendraient le bateau. La transition serait moins brutale.

Pour fêter leur départ, ils organisèrent un grand dîner sur le *My Canh,* un restaurant flottant amarré sur les quais non loin de *La pointe des blagueurs.*

La soirée s'annonçait très belle. Le Tout Saigon était là.

Un événement à ne pas manquer, le départ de Pierre.

Le drame survint alors que les invités commençaient à quitter le bord.

Une très forte explosion ébranla le bateau, semant la panique et la mort. Au travers des décombres calcinés, de la fumée, des blessés, des corps déchiquetés, Pierre désespérément cherchait Odile.

Elle était là. Morte. Le corps criblé d'éclats, le visage intact, les yeux grands ouverts, des yeux implorants ne comprenant pas ce qu'il lui était arrivé.

Il s'approcha, la prit doucement dans ses bras, la serra de toutes ses forces, retenant ses larmes, il l'emporta dans la nuit noire droit devant lui comme un somnambule.

Chapitre 5

Au Laos accueillant.
Pierre Malroy et Michèle.
Retour en France.

Confortablement installé dans un large fauteuil de rotin, voluptueusement étendu, les deux mains croisées derrière la nuque, le torse nu, un sarong noué autour de la taille, Pierre Malroy contemplait de sa terrasse la rive siamoise.
L'air était pur. Il n'y avait pas un souffle de vent. Pas un bruit. Il faisait déjà moins chaud. Le soleil, très bas de l'autre côté de l'horizon, incendiait le fleuve qui de jaune avait viré au pourpre.
Des embarcations lourdement chargées glissaient au ras de l'eau, sans bruit, entraînées à la vitesse du courant, rapide à cette époque de l'année.
Pierre avait décidé de se réfugier dans cette maison sur pilotis entourée d'une luxuriante végétation, sur les berges du Mékong, au sud de Vientiane, pour fuir l'agitation et le bruit de la ville. Pour fuir ses souvenirs.
Une impérieuse nécessité de rompre avec son passé.

Après une longue période d'abattement et de nihilisme profond, il cherchait à retrouver un nouvel équilibre.
Reprendre goût à la vie.
Son instinct infaillible l'avait guidé et conduit dans ce bout du monde.
Un instinct animal. Il s'était donc caché dans ce Laos accueillant et pacifique pour tout oublier. Oublier la mort d'Odile.
Pourtant la guerre n'avait pas épargné le " Royaume du Million d'éléphants ".
Après la défaite du Japon, un mouvement insurrectionnel, le *Lao Issara* du Prince Phetsarah, encouragé par les Nippons, troubla un instant l'ordre établi, mais échoua très vite grâce à l'intervention du corps expéditionnaire français.
Le calme ne dura pas longtemps.
Le Prince Souphanouvong (le Prince rouge) à la tête du *Pathet Lao* reprit le combat en 1950 avec l'aide des communistes.

Le Laos fut alors envahi par le Vietminh qui occupa la plaine des Jarres dans le nord et le plateau des Bolovens dans le sud du pays.

Malgré la reconnaissance officielle de l'indépendance du Laos par les grandes puissances à la conférence de Genève, les partisans du roi avec le Prince Boun Oum de la famille des Champassak du sud, le *Pathet Lao* et les neutralistes avec le Prince Souvanna Phouma, n'arrivèrent pas à constituer un gouvernement d'union nationale.

Les trois princes, pourtant tous en faveur de la famille royale, refusèrent de s'entendre. La lutte pour la prise du pouvoir s'intensifia avec l'arrivée des Américains.

L'U.S. Aid accentua les rivalités et rejeta définitivement le *Pathet Lao* du côté du Vietminh.

La guerre cependant avait préservé Vientiane. La ville était calme. Il n'y avait pas d'attentats comme à Saigon.

Dans sa demeure du bout du monde, Pierre s'était isolé, vivant replié sur lui-même. Pour ses amis, ses relations, il avait disparu sans laisser d'adresse.

On le croyait mort.

Le *Yin Yang,* vendu à un très bon prix, lui assurait une existence facile.

On vivait avec très peu d'argent à Vientiane. Quelques kips. Il en avait beaucoup. Le Laos était vraiment le paradis sur terre. Il n'y manquait qu'Odile.

Il avait découvert le peuple lao, le plus tolérant du monde, profondément pacifique et aimable.

Un peuple sans complexe. Ni de supériorité ni d'infériorité.

Pour un Lao la vie est faite pour être heureux. Pour s'amuser. *Bo Pé Nian*[1].

---

[1] *Expression lao courante pouvant signifier : que rien n'est grave... c'est sans importance.*

Les fêtes ou *Boun* étaient fréquentes. Elles duraient des jours entiers : les fêtes du nouvel an ou *Boun Pimay* spectaculaires à Luang Prabang, la fête des fusées *Boun Bang Fay* par laquelle étaient célébrées la Naissance, l'Illumination et la Mort de Bouddha. La fête des eaux *Boun Ok Phansa* qui donnait lieu à des courses de pirogues sur le Mékong, les fêtes du *That Luang*, reliquaire dressé au centre de Vientiane consacré encore au Bouddha, les fêtes du *Vat Phou* sanctuaire préangkorien situé à Champassak sur la rive droite du Mékong, étaient toujours l'occasion de grandes réjouissances populaires.

Tout était prétexte à faire la fête : la naissance, le mariage, la mort.

On fête un hôte de passage, à son arrivée, à son départ. L'émouvante cérémonie du *Baci* qui consiste, avec la participation d'un officiant religieux respecté pour sa grande sagesse et piété, en offrandes de fleurs, de nourriture et de vœux, ne laisse personne insensible. Elle est empreinte d'une très grande douceur et de gentillesse. Les fils de coton noués autour des poignets doivent avec le temps se dénouer d'eux-mêmes. Surtout ne pas les couper. Ils sont placés là pour inviter nos âmes, nous en possédons 32 qui correspondent aux 32 parties de notre corps, à revenir en nous, car elles ont une fâcheuse et très forte tendance à nous quitter, à errer dans l'espace.

Ces fils blancs sont posés pour retenir nos forces vives ainsi que celles qui nous sont revenues au cours de la cérémonie.

Pierre avait besoin de toutes ses forces. Il se remettait lentement, tout doucement de sa profonde blessure.

A quarante ans passés, il ne pouvait sérieusement pas envisager de se retirer définitivement du monde, de vivre en ermite. Cela aurait été déraisonnable. Contraire à sa nature.

Alors qu'il était plongé dans ses pensées, et que lui revenait par bribes en mémoire l'admirable poème de Rudyard Kipling :

*Si tu peux voir détruit l'ouvrage de ta vie*
*Et sans dire un seul mot te mettre à rebâtir*
*Si tu peux être amant sans être fou d'amour*
*Tu seras un homme mon fils.*

Em, sa domestique, en lui annonçant une visite, le ramena sur terre.
– Monsieur Somock est arrivé.
– Dis-lui de venir me rejoindre sur la terrasse et apporte-nous à boire.
Elle repartit comme elle était venue, ombre silencieuse, glissant sur ses pieds nus.

Somock était jeune et beau. Toujours souriant, il n'élevait jamais la voix. Pierre ne l'avait jamais vu en colère. Pour un Asiatique la colère est synonyme de folie. On ne discute pas avec un fou.

Pierre l'avait rencontré au *Kit Kat*, le night-club du *Vientiane Hôtel*. Somock en était le propriétaire. A son arrivée au Laos, il s'y était rendu sur les recommandations de Lu Sanh pour obtenir en location une maison qu'il désirait occuper de préférence au bord du fleuve.
L'affaire avait été vite conclue, celle qu'il occupait lui convenait parfaitement.
Une fois de plus Somock venait le relancer pour lui demander, le convaincre de s'associer avec lui.
En réalité, il avait besoin d'une somme importante pour monter une opération d'envergure.
Acheter de l'opium pour le revendre dix fois plus cher à Saigon.

Pierre accepta finalement de financer en partie l'opération en prenant toutefois des garanties sur le *Kit Kat*. L'affaire était, selon Somock, simple et sans danger. Tout se passa d'ailleurs comme prévu.

Le petit avion de tourisme, un Cessna, loué pour assurer le transport des sacs contenant les précieuses boites d'opium fut débarrassé de sa cargaison au-dessus de la route coloniale numéro 13, à l'endroit convenu, entre Lôc Ninh et Saigon, et put atterrir ainsi sans ennui sur l'aéroport de Than-Son-Nhut.

Les sacs recueillis par l'acheteur, venu les réceptionner en voiture, entrèrent le plus naturellement du monde par la route à Saigon, sans avoir à subir le contrôle soupçonneux des douaniers.

Quant à l'avion, il reprit le chemin de Vientiane en toute tranquillité, quelques jours plus tard, avec des touristes à son bord, sans faire cette fois-ci un vol en rase-mottes au-dessus du point de rencontre choisi pour le voyage aller.

Pierre avait accepté de participer au financement de cette affaire, non pas par désir de lucre, mais parce qu'en bon asiatique qu'il était devenu il ne pouvait pas refuser à son vieil ami Lu Sanh, le destinataire des sacs d'opium, le service que ce dernier lui demandait par l'intermédiaire de Somock.

Lu Sanh n'avait-il pas été toujours honnête et loyal avec lui ? N'avait-il pas toujours payé au comptant les marchandises livrées à l'époque de son association avec René ?

C'était Lu Sanh, alors qu'il était désemparé après la mort d'Odile, qui l'avait empêché de sombrer, de s'engloutir dans les fumées empoisonnées de l'opium.

Lu Sanh encore qui avait racheté le *Yin Yang* pour lui permettre de se refaire.

Né sous le signe des Poissons, Pierre s'était laissé faire ; il se laissait toujours entraîner par le courant, faisant confiance à son élément qui ne pouvait le porter que vers des rivages favorables, propices et bénéfiques.

L'argent ne l'intéressait pas. Il n'éprouvait pas le besoin d'en amasser.

Grâce à René et avec lui, il en avait gagné beaucoup.
Lu Sanh avait fait de lui un homme très riche. Ses piastres converties en dollars représentaient une fortune, alors qu'il avait toujours vécu sans chercher à s'enrichir. Il n'était ni avide, ni envieux, encore moins cupide ou avare. Il méprisait ceux qui avec des yeux d'oiseaux de proie saisissaient l'or et l'argent de leurs doigts crochus.
En dehors de sa domestique et de Somock, son propriétaire devenu son ami, enfermé dans sa maison de bambou, il ne voyait personne. Mais sa vie de reclus, depuis peu, ne lui convenait plus. Après la tragique disparition d'Odile et ces longs mois d'inaction, il ressentait maintenant le besoin de se secouer, d'agir, de refaire surface.
Il décida donc de se rendre à la réception offerte par l'ambassade de France.
Toute la colonie française de Vientiane se trouvait réunie pour ce 14 juillet dans les jardins et les salons de l'ambassade, Pierre une coupe de champagne à la main observait tout ce petit monde qui s'agitait autour de monsieur l'ambassadeur.
C'était sa première sortie. Il regrettait d'être venu et s'apprêtait à prendre congé, lorsque son attention fut attirée par les éclats de rire d'une jeune femme très entourée.
Elle portait un petit tailleur bleu ciel, la jupe fendue à mi-cuisse qui mettait en valeur ses belles jambes cuivrées. Ses admirateurs ne la quittaient pas des yeux et semblaient vouloir l'empêcher de s'échapper.
Pierre amusé, s'approcha par curiosité du groupe. De plus près, elle paraissait moins jolie, mais elle avait un charme particulier. Le genre de femme sur lequel les hommes se retournent.
– Voilà mon sauveur, dit-elle, en riant et en s'échappant.

Prenant Pierre par le bras, elle l'entraîna à vive allure vers le grand salon. Il se laissait faire, plus consentant que surpris. En arrivant sur le perron dominant les jardins, elle le relâcha et avec son plus beau sourire le remercia.
– Merci de m'avoir délivrée.
Pierre la rattrapa de justesse alors qu'elle se sauvait.
– Ne partez pas ainsi. Je m'appelle Pierre, Pierre Malroy... et vous, comment vous appelez-vous ?
– Michèle, je suis secrétaire au consulat de France.
– Enchanté. Ravi de vous avoir rendu service.
– Encore merci, mais lâchez-moi maintenant, je vous en prie. Il faut que je m'en aille.
– Pas avant de me dire où je peux vous revoir.
– Mais au consulat. Ici même dans les bâtiments de l'ambassade.
– Connaissez-vous le *Tan Dao Vien* ? Le grand restaurant chinois.
– Oui.
– Peut-on dîner ensemble ce soir ?
– Impossible je suis déjà invitée.
– Alors quand ?
– Mais vous êtes encore plus tyrannique que les autres ! Maintenant je vous supplie...une fois de plus, laissez-moi partir. Au revoir.

Pierre la regarda s'éloigner. Elle était vraiment charmante, attirante.
Allumant une *Bastos*, sans la quitter des yeux, admirant sa démarche souple, ses jambes fines et superbes, il se dit qu'il fallait absolument qu'il revienne pour se faire inscrire au consulat.
Le soir même, il devait la retrouver au *Kit Kat*.
Accoudé au bar, savourant un délicieux punch coco en compagnie de Somock, il la vit arriver au bras d'un homme âgé. Elle s'installa à une table avec son compagnon et

commanda à souper. Somock, qui connaissait tout le monde, lui apprit qu'il s'agissait du consul de France et de sa fille.

Il n'aurait pas pu sur-le-champ dire pourquoi, mais ce que venait de lui apprendre Somock lui fit plaisir. Il attendit patiemment la fin du repas pour s'approcher de leur table.

Il se présenta au consul, puis se tournant vers Michèle :
-Excusez-moi mademoiselle, mais il me semble vous avoir déjà rencontrée quelque part.

C'était classique, mais idiot. Mais c'était dit. Michèle, qui avait compris la démarche de Pierre, éclata de rire et mit son père tout de suite au courant des circonstances de leur rencontre. Monsieur Loiseau trouva l'histoire plaisante.

Profitant des bonnes dispositions du père et de sa fille, Pierre en s'invitant proposa gentiment d'offrir une bouteille de champagne.

La soirée fut très agréable. Le consul était un homme charmant, cultivé. Michèle dansait à ravir.

De retour chez lui, Pierre fut très long à s'endormir.

Cette première journée mondaine, passée hors de son refuge après une année sabbatique avait réveillé ses sens endoloris. L'alcool et le tabac dont il avait abusé à la réception de l'ambassade, le pantagruélique repas chinois au *Tan Dao Vien* avec Somock et quelques autres invités chinois au cours duquel fut réglé définitivement l'affaire du transport et de la vente de l'opium, tous les verres de champagne absorbés au *Kit Kat,* le corps de Michèle contre le sien commençaient à produire leur effet.

Il était surexcité, énervé. Les deux cachets d'aspirine avalés avec un dernier verre de whisky avant de se mettre au lit sous sa moustiquaire et la douche froide prise en arrivant ne l'avaient pas pour autant calmé. Allongé tout nu sur son lit, les deux mains croisées derrière la nuque, sa position favorite, il réfléchissait.

Les personnes rencontrées dans la journée l'avaient déçu, ennuyé, à l'exception du consul. Il les avait trouvées ordinaires, malgré leurs airs prétentieux.
Seule Michèle l'avait intéressé, diverti. Elle était petite, mais bien faite. Bien proportionnée. Un ravissant Tanagra. Des yeux verts, étincelants, rieurs. Une bouche sensuelle, gourmande. Elle l'avait troublé un instant. Il s'était ressaisi, se moquant de lui-même.
Elle devait avoir environ vingt ans. Enfin, il lui donnait vingt ans. Une gamine.
Ridicule une aventure avec une gamine. Il se sentait vieux.
Il est vrai qu'il avait changé.

Ses tempes étaient grisonnantes. De nombreuses rides barraient son front. Ses joues s'étaient légèrement creusées. Mais contrairement à ce qu'il pensait, il était devenu encore plus séduisant. Le hâle de son visage et sa taille restée fine lui conservaient encore une allure jeune.
Michèle l'avait remarqué dans les jardins de l'ambassade, alors qu'elle faisait la coquette au milieu de ses admirateurs. Son rire forcé avait-il été voulu pour attirer l'attention de Pierre ? Son refus de dîner avec lui, un artifice pour se faire désirer ?
Pierre se posait ces questions, voulait le croire. Ses pensées devinrent de plus en plus floues, incertaines, brumeuses.
Il finit par s'endormir.
Il se réveilla le lendemain matin sur le coup de midi.
Cette capacité, cette faculté de dormir longtemps, profondément pendant des heures, était une chance.
Le secret de sa bonne santé.
Sa douche prise, son café noir, amer et brûlant, avalé rapidement avec une demi-douzaine de mangoustans, quelques consignes rapidement données à Em, il se dirigea, comme il en avait pris l'habitude depuis son installation, vers les berges du fleuve pour faire sa marche quotidienne.

Après tous ces longs mois, tout ce temps écoulé, alors qu'il croyait avoir enfin trouvé non pas l'oubli mais l'apaisement, sa tranquillité d'esprit péniblement acquise était de nouveau perturbée.

Parce que cette jeune femme avait retenu son regard, l'avait intéressé, troublé l'espace d'une danse, il reprenait plus intensément conscience de la disparition d'Odile.

L'évocation de Michèle réveillait sa peine assoupie. Tous les souvenirs, enfouis au plus profond de lui-même, revenaient, le submergeaient violemment.

Odile ! Il avait besoin de son amour, de sa voix, de son corps. Il avait mal.

Perdu dans ses pensées, sa marche l'entraîna au-delà de son parcours habituel.

Il se promenait depuis plus de trois heures. Cela ressemblait à une fuite. Il avait quitté la rive du fleuve et s'était dirigé, traversant des rizières, à l'intérieur des terres.

La campagne au sud de Vientiane était très pittoresque, avec ses villages traditionnels et ses maisons sur pilotis. Pierre la découvrait avec ravissement. Cette longue randonnée ne l'avait pas fatigué. Il s'arrêta à l'entrée d'un petit village pour demander à boire. On lui offrit aussi à manger. Il trouva délicieux le riz blanc gluant cuit à la vapeur qu'on lui apporta dans un petit panier en osier dont le couvercle s'emboîtait complètement sur le récipient avec un jeu de cordelettes.

Une spécialité lao. Prenant congé de ses hôtes, auxquels il promit de revenir, il se dirigea vers la place du village où un attroupement s'était formé. Il aperçut une silhouette accroupie, lui tournant le dos, au milieu d'enfants rieurs qui s'agitaient autour d'elle.

Cette apparition le fit tressaillir. Ce n'était pas Michèle, mais Odile qu'il voyait achetant des jouets sur la place du marché.

Un pincement au cœur, il s'approcha et sur un ton agressif qui mit en fuite toute la marmaille, il cria :

– Que faites-vous là ?

Michèle interloquée, se leva et lui répliqua sèchement :
– Mon Dieu quel ton ! En voilà une façon de dire bonjour !
– Excusez-moi, Michèle, je suis confus.
Le rire de Michèle le ramena sur terre.

Il avait été grotesque et le regrettait. Pour se faire pardonner, il proposa de faire le tour du village avec elle. L'incident vite oublié, elle lui expliqua qu'elle était venue en mission à la recherche d'un enfant abandonné, d'un orphelin signalé comme vivant dans ces parages.
Les Français, puis les G.I. américains, au cours de ces deux longues et stupides guerres d'Indochine n'avaient pas laissé que des ruines. De nombreux enfants étaient nés de leur union avec des femmes du pays.
Beaucoup de ces femmes possédaient ou pouvaient prétendre être de nationalité française. Mariées ou non à des militaires français, elles avaient été nombreuses à être abandonnées. Certains de leurs compagnons étant pour la plupart déjà mariés.
Les consulats de France enregistraient sans difficulté les naissances.
Les autorités américaines refusaient de les reconnaître, considérant le concubinage de leurs *boys* avec les laissés pour compte du corps expéditionnaire comme illégal.
C'est ainsi que l'Amérique, tout en faisant la guerre au Vietnam, fabriquait des petits Français, lesquels une fois retrouvés, étaient pris en charge par le gouvernement français et confiés à l'Assistance Publique dès leur débarquement à l'aéroport de Roissy ou d'Orly.
La visite du village terminée, Michèle proposa à Pierre de le ramener en voiture chez lui. Il accepta, sans se faire prier, ravi de prolonger cette rencontre. De son côté Michèle bénissait le hasard qui les avait réunis.

Pierre lui plaisait. Depuis leur première rencontre dans les jardins de l'ambassade, et la soirée passée au *Kit Kat,* elle ne pouvait s'empêcher de penser à lui. Elle n'aurait pas pu dire pourquoi. Sans doute parce que cet homme, à la différence des autres, ne lui avait pas fait la cour. Non, ce n'était pas seulement cela. Elle avait été touchée par la douceur de son regard. Un regard pénétrant, voilé d'un nuage de tristesse qui l'avait émue et troublée.
Arrivé chez lui, Pierre la pria d'accepter de prendre un verre sur sa terrasse.
Il voulait lui faire admirer le coucher du soleil sur le fleuve. A peine installés sur les chaises longues, Em leur apporta des rafraîchissements accompagnés de friandises.
– Vous vivez seul, hasarda Michèle en donnant un coup d'œil prudent et interrogatif sur Em qui se retirait, un sourire ambigu aux coins des lèvres.
– Oui.
Un profond silence suivit ce *oui* prononcé d'une voix basse, Michèle n'osant pas le questionner davantage et Pierre voulant savourer pleinement cet instant de quiétude et de paix. Allongés sur des coussins épais, dans cette atmosphère paisible, sereine et chaude des fins de soirée sous les Tropiques, ils restèrent ainsi sans dire un mot jusqu'à ce que le soleil dans un dernier embrasement eût disparu dans un éblouissant flamboiement de l'autre côté du fleuve. Le jour baissait très vite dans ses ultimes flammes.
Pierre se leva pour allumer un lampadaire en fer forgé placé au-dessus de Michèle.

Il faisait très doux. L'air tiède était parfumé de toutes les senteurs pénétrantes et envoûtantes du jardin où dominaient les frangipaniers. Les premières étoiles se devinaient au travers des palmes des cocotiers et au-delà des branches d'un immense manguier.

De sa place, il l'observait. Tout auréolée de lumière elle semblait irréelle. Les yeux mi-clos, un tendre sourire éclairant son visage, elle ressemblait à une madone.

Il ne voyait qu'elle sur cette terrasse plongée maintenant dans une douce obscurité.

Irrésistiblement attiré, il se redressa et, avec beaucoup de précautions, craignant de voir s'évanouir cette créature de rêve, s'agenouilla à ses pieds.

Michèle, troublée, ne bougea pas. Elle semblait dormir les yeux fermés. Elle se sentait si bien, enfoncée dans ces coussins de soie souples et moelleux.

Pierre, se redressant lentement prit délicatement son beau visage entre ses mains et déposa avec une grande douceur un baiser sur ses lèvres.

Toute frissonnante, elle se leva avec un oh ! de surprise intimement attendue.

– Vous n'êtes pas fâchée ? murmura Pierre.

– Non, balbutia-t-elle.

Et saisissant son sac, elle s'enfuit le laissant interloqué et inquiet.

C'était pour Michèle, son premier baiser. Jamais, auparavant, un homme n'avait osé l'embrasser.

La compagnie Royal Air Lao était moribonde à la suite du crash, dans la forêt laotienne, de deux avions Douglas DC4 et DC3, la quasi-totalité de sa flotte, quand le jeune prince Panya Souvanna Phouma, le fils du premier ministre, en prit la Direction.

Pour reconstituer sa flotte il s'adressa d'abord à une société américaine qui mit à sa disposition un *Lockheed Electra* avec son équipage puis, sur les conseils de son père, il fit appel à Air France pour l'assistance commerciale.

Ainsi reconstituée, la compagnie aérienne retrouva la confiance de sa clientèle.

Les vols reprirent à la satisfaction de tous et son réseau s'accrût de nouvelles liaisons internationales.

Pierre en profita pour se rendre dans la cité royale. Le trajet par la route était possible mais risqué, bien que les hostilités, ou plutôt la petite guerre que les deux princes[1] se faisaient au loin dans la plaine des jarres, n'aient aucun impact sur la majeure partie du royaume.

En effet, après de longues et nombreuses péripéties, ponctuées de plusieurs coups d'Etat, le Prince Souvanna Phouma, nommé premier ministre depuis 1962, avec l'appui et la bénédiction du roi et de l'aide U.S., avait enfin rétabli un équilibre convenable et contrôlait courageusement, fermement l'ensemble du pays.

Le Laos ne donnait pas l'impression d'être en guerre, malgré l'irréductible opposition du Prince rouge. Ce fut bien la première impression de Pierre en s'installant à Vientiane.

Il y régnait une atmosphère de calme et les jours s'écoulaient paisiblement.

Arrivé au-dessus de Luang Prabang, le *Lockheed Electra* de Royal Air Lao entama à la verticale un vol circulaire de lente et prudente descente afin d'éviter les noirs pitons qui dominent et cernent la piste.

Sous l'appareil, la ville baignée de soleil se présentait comme la palette d'un peintre, avec le vert des palmeraies, le rouge des tuiles, le blanc des pagodes, le jaune des eaux limoneuses du Mékong et le bleu de son affluent le Nam Khan.

Un dernier coup d'aile en direction de la flèche dorée du Vat-Chomsi, le reliquaire posé au sommet de la plus haute colline dominant la plaine de la cité royale, un dernier scintillement

---

[1] *Le Prince Souvanna Phouma et son demi-frère le '" Prince rouge" Souphanouvong.*

dans le lointain et l'avion atterrit lourdement dans un fracas assourdissant en soulevant un nuage épais de poussière ocre.
Derrière le haut grillage séparant la piste d'atterrissage des baraques de l'aérogare, Hemingway les attendait. C'était le directeur du *Phousi Akhane Hôtel*.
Maurice, avec sa barbe grise et ses yeux bleus perçants, ressemblait étonnamment au célèbre écrivain.
D'où son surnom.
Pierre fut tout surpris et heureux de retrouver son ancien associé. Il ne l'avait pas reconnu sur-le-champ. Maurice était devenu une célébrité locale. Son surnom y contribuait. Comme beaucoup d'autres, il avait échoué en fin de parcours au Laos.
Terre d'accueil et d'asile. Dernier refuge ouvert à tous les paumés d'Indochine.
Ils étaient nombreux ceux qui après avoir raté leur vie ou fuyant un passé douteux étaient venus dans ce pays pour se refaire. Les Lao étaient très compréhensifs et ne posaient jamais de questions. Pour un Maurice qui avait réussi, combien traînaient misérablement leurs savates, vivant d'expédients divers.
Les retrouvailles à l'aéroport furent accompagnées de grandes tapes dans le dos, de grandes exclamations de joie, d'embrassades chaleureuses. En quelques mots, ils s'étaient tout dit sur leur vie depuis la disparition de René, en s'attablant au petit bar de l'aéroport.
Michèle, étonnée et perplexe, sans s'occuper d'eux, suivit le chauffeur pour prendre place dans le minicar de l'hôtel.
Le trajet fut très court. Leur installation rapide. Maurice avait bien fait les choses. Des orchidées dans la chambre de Michèle, du champagne dans celle de Pierre et un magnifique bouquet de roses rouges sur la table du restaurant.
Toutes ces délicates attentions ne parvinrent pas à dérider Michèle.

Après le baiser sur la terrasse, Pierre, toujours embarrassé et soucieux, lui avait téléphoné pour prendre de ses nouvelles. Son départ brusqué l'avait déconcerté et lui avait laissé une sorte d'inquiétude au cœur. Dès les premiers mots échangés, il comprit que loin d'être fâchée, elle était heureuse de l'entendre et souhaitait le revoir.
Elle lui apprit qu'elle devait se rendre en mission à Luang Prabang. Encore une histoire d'enfant à recueillir.
Il lui proposa de l'accompagner. Elle accepta avec plaisir.

Dès leur première rencontre, elle avait été plus que charmée par Pierre, troublée. Ce premier baiser sur la terrasse lui brûlait encore les lèvres. Elle le devinait bien que Pierre la désirait, qu'il était heureux d'être avec elle, mais elle ne comprenait pas très bien son comportement, sa manière d'être. Il était déroutant.
Sa façon agressive de l'aborder dans le village, sa conduite dans l'avion avec la jeune et ravissante hôtesse Lao, l'ignorance dont il fit preuve à son égard alors qu'il retrouvait son ami et ancien associé. Tout cela était déconcertant.
Elle voulait comprendre. C'est pourquoi, assise face à lui dans la salle à manger déserte de l'hôtel, elle l'observait, cherchant à percer le mystère de cet homme.
Puis n'y tenant plus, elle lui demanda :
– Pierre, pourquoi teniez-vous tellement à m'accompagner ? Pourquoi tout ce luxe et ces prévenances ? Que voulez-vous ? Qu'attendez-vous de moi ?
Ces questions directes, inattendues, prononcées gentiment, calmement, obligèrent Pierre à revenir sur terre et prêter plus d'attention à Michèle car, une fois de plus, il était ailleurs, perdu dans ses pensées.
Elle attendait sa réponse. Pris au dépourvu, il restait silencieux.
Alors, repoussant brusquement sa chaise, elle se leva pour s'enfuir et d'une voix sèche, elle lui martela :

– Bonsoir, monsieur Malroy.
Pierre, en un geste rapide, mû comme par un ressort, lui saisit le poignet et l'obligea à se rasseoir.
Il se mit à parler. Il n'en finissait pas de se raconter.
Cela ressemblait à une confession. Michèle, silencieuse, attentive, n'osant pas l'interrompre, les yeux humides, écoutait.
– Voilà... vous savez tout de moi maintenant. Je suis seul, j'ai besoin de vous.
L'hôtel était plongé dans l'obscurité. Tout le personnel avait disparu, les laissant seuls à leur table faiblement éclairée par la lampe tempête placée au-dessus d'eux.
Il était minuit passé. Michèle, très touchée, bouleversée par ces confidences, se leva et s'approchant de Pierre, toujours sans un mot, lui prit la main et l'emmena jusqu'à sa chambre. Devant sa porte Pierre eut un petit moment d'hésitation.
Ils se trouvaient face à face, troublés, retenant leur respiration, leurs corps se frôlant presque.
La suite se déroula comme dans un rêve et tout arriva sans qu'aucun d'eux s'en rendît très bien compte. Cela devait se produire, comme si une force invisible l'avait programmé. D'un doigt hésitant, Pierre lui caressa le front, puis très lentement effleura l'ovale de la joue, la caresse suivit la courbe du cou, pour s'arrêter sur la pointe du sein. L'enlaçant avec beaucoup de précaution, il la serra contre lui et l'embrassa doucement l'obligeant à entrouvrir ses lèvres. Michèle, toute tremblante, s'abandonna. Toujours enlacés, ils franchirent le seuil de la chambre. Elle s'offrit à lui tout simplement. Ce fut leur première nuit d'amour.
Lorsque Michèle se réveilla, le soleil était déjà bien haut sur l'horizon. Allongée près de Pierre encore endormi, appuyée sur un coude, elle contempla l'homme auquel pour la première fois elle s'était donnée.

Elle réfléchissait à tout ce que Pierre lui avait dévoilé de lui-même. Il s'était livré comme un naufragé s'accrochant à une bouée. Elle avait compris, elle en était persuadée, que s'étant entièrement confié, il attendait d'elle qu'elle lui donnât ce qui lui manquait désormais le plus, un amour tendre et affectueux.

Jamais, pensait-elle, il ne l'aimerait comme il avait aimé Odile. Elle l'acceptait pour l'instant. Mais, petite femme volontaire et décidée, elle se promettait de se consacrer à lui, de l'entourer de sa tendresse et de son amour. Parce qu'elle aussi l'aimait.

Elle réalisait, après cette caressante nuit, combien son corps plaisait à Pierre. Elle en ferait son principal atout.

Il serait à elle, entièrement, définitivement.

Lorsque Pierre se réveilla à son tour, Michèle, debout près de lui, lui souriait.

– Quelle heure est-il ?
– L'heure de s'aimer.

Otant son kimono, elle se glissa toute nue sous le drap que Pierre avait soulevé pour la recevoir. Leur première journée se passa au lit.

Le séjour au Laos de monsieur Loiseau touchait à sa fin.

Il appréhendait son retour en France, où il devait prendre sa retraite.

Il avait vécu toute sa carrière à l'étranger. Une vie de nomade avec ses avantages et ses inconvénients. Veuf, il avait élevé Michèle. Elle l'avait suivi dans tous ses déplacements.

Pierre, de son côté, ressentait un sourd désir de rentrer en France.

Il avait envisagé de le faire avec Odile. Le sort en avait décidé autrement.

De cette France qu'il avait quittée plus de vingt ans auparavant, il avait gardé une image vague, floue, incertaine. Une terre inconnue, à découvrir.

Comment vivait-on là-bas ? Il lui faudrait sans doute se lancer dans les affaires. Il était encore trop jeune pour songer à la retraite.

Fils unique et orphelin de bonne heure, il ne se souvenait d'aucun lien de parenté. Même pas d'avoir eu un père. Simplement d'avoir ressenti à la mort de sa mère une étrange sensation.

C'était comme si le cordon ombilical avait été coupé une deuxième fois. Une fois pour toute. Le lâchant, petite poussière flottante abandonnée dans l'espace sidéral.

Il était seul au monde. Vraiment seul.

Le cataclysme qui s'était abattu sur la France en 1940 avait bouleversé sa vie.

Il avait échappé à l'humiliation de l'occupation allemande pour connaître celle des camps japonais.

Il réalisait, en fin de compte, alors qu'il n'avait jamais voulu, comme beaucoup d'autres, l'admettre, que les évènements tournant à l'avantage des forces communistes, il fallait quitter ce pays avant qu'il ne soit trop tard.

Sa vie en Indochine, quelle aventure !

Une vie vécue intensément, jalonnée d'évènements extraordinaires.

Simone, voluptueuse Simone. Son premier amour. Un amour charnel. Une découverte. Un éblouissement.

Ce Tonkin où il avait souffert, mais qu'il avait passionnément aimé, où il avait rencontré des hommes de qualité : Lavangarde, Le van Quat. Ce Tonkin où les épreuves l'avaient endurci, mûri, pour devenir adulte.

Saigon où il s'était réalisé avec René, où il avait été heureux.

Odile son grand amour. Un amour sensuel et tendre. Et maintenant Michèle, un amour calme et doux.

Oui, quelle aventure !

Michèle ! Elle allait le quitter. Partir. Non, il ne la laisserait pas disparaître.

Il tenait à elle. Il l'aimait.
Il n'y avait pas une minute à perdre. Il devait se décider tout de suite.
Se fiant à son instinct, il se leva subitement, quitta sa terrasse, son abri préféré, où il s'était réfugié pour réfléchir, bouscula au passage Em qui se demanda quel insecte avait bien pu piquer son maître, pour bondir comme un fou jusqu'à sa voiture.
Il ne fut pas long à regagner Vientiane et à se garer devant l'ambassade.
Écartant sans ménagement le planton qui essayait courtoisement de lui barrer la route, il pénétra avec force dans le bureau du consul qui se dressa tout surpris.
– Monsieur Loiseau, j'ai l'honneur de vous demander la main de votre fille.
La phrase rituelle à peine prononcée, les deux hommes tombèrent en riant dans les bras l'un de l'autre. Puis le vieil homme pressant Pierre sur son cœur, ne put retenir ses larmes. Des larmes de joie.
Le mariage de Michèle et de Pierre fut célébré très simplement par monsieur Loiseau, la veille de son départ.
La soirée d'adieu réunit le Tout Vientiane au *Kit Kat* que Somock avait mis gracieusement à la disposition de ses amis.
Monsieur Loiseau décida de rentrer rapidement via Bangkok par le courrier d'Air France, afin de remettre en état sa vieille demeure pour accueillir dignement ses deux amoureux.
Michèle et Pierre s'offrirent un long voyage de noces à travers le Pacifique avant de rejoindre la France.
Ils trouvèrent très rapidement, non loin de celle de monsieur Loiseau, une belle maison provençale dominant la mer pour s'y établir définitivement.
En arrivant, le jour de leur installation, devant le portail qui s'ouvrait sur un magnifique jardin exotique qui perpétuait leur rêve, Pierre prit Michèle dans ses bras puis, la portant jusqu'à la porte d'entrée, il lui demanda après l'avoir embrassée :

– Comment veux-tu l'appeler ?
Michèle le regarda longuement, lui rendit son baiser avant de lui répondre avec son plus tendre sourire :
– Yasume.

## Repères chronologiques :

| | |
|---|---|
| 28 juillet 1937 | Début de la guerre entre le Japon et la Chine. |
| 1er septembre 1939 | Les troupes allemandes envahissent la Pologne.<br>Début de la Seconde Guerre mondiale. |
| 14 mai 1940 | Les Allemands franchissent la frontière à Sedan. |
| 14 juin 1940 | Entrée des troupes allemandes à Paris. |
| 17 juin 1940 | Demande d'armistice du gouvernement du maréchal Pétain. |
| 18 juin 1940 | Appel du général de Gaulle. |
| 16 juin 1940 | Ultimatum japonais à la France.<br>Le général Catroux accepte les conditions japonaises. |
| 22 juillet 1940 | Passation de pouvoirs entre le général Catroux et l'amiral Decoux. |
| 30 août 1940 | Le gouvernement de Vichy signe un accord avec le Japon.<br>L'amiral Decoux tarde volontairement à régler les modalités d'application de cet accord. |
| 2 septembre 1940 | L'armée japonaise franchit la frontière sino-tonkinoise à Dong Dang poste avancé de Langson. |
| 5 octobre 1940 | Reconnaissance par l'empereur du Japon de la souveraineté française en Indochine. |
| 7 décembre 1941 | Attaque de Pearl Harbour.<br>Début de la guerre du Pacifique. |

| | |
|---|---|
| 9 mars 1945 | Coup de force japonais. |
| 2 septembre 1945 | Capitulation du Japon. Déclaration d'indépendance du Vietnam par Ho Chi Minh. |
| 15 octobre 1945 | Arrivée du général Leclerc et du corps expéditionnaire français. |
| 6 mars 1946 | Modus vivendi Ho Chi Minh / Sainteny. |
| 19 décembre 1946 | Attaque surprise Vietminh à Hanoï. Début de la guerre d'Indochine. |
| 7 mai 1954 | Chute de Diên Biên Phu. |
| 21 juillet 1954 | Reconnaissance officielle de l'indépendance du Laos par les puissances réunies à la conférence de Genève. |
| Mai 1956 | Annulation des élections générales en Indochine prévues par les accords de Genève. |
| 1er novembre 1963 | Assassinat de Ngo Dinh Diem, Président de la République du Sud Vietnam. Arrivée massive des troupes américaines. Deuxième guerre du Vietnam. |
| 30 avril 1975 | Le Vietminh s'empare de Saigon. Fin des hostilités au Vietnam. |

# TABLE DES MATIÈRES

Prologue                                              pages 9 à 11

Chapitre I                                            pages 13 à 46
Hanoï à la veille du coup
de force japonais.
Pierre Malroy et Simone.

Chapitre II                                           pages 47 à 78
La vie dans les camps japonais.
Erreurs du commandement français.
Capitulation du Japon.

Chapitre III                                          pages 79 à 105
L'occupation chinoise.
Les Américains et le Vietminh.
Départ du Tonkin.

Chapitre IV                                           pages 107 à 130
Le ravitaillement de Saïgon.
La guerre avec le Vietcong.
Fin du régime de Ngo Dinh Diem.
Pierre Malroy et Odile.

Chapitre V                                            pages 131 à 153
Au Laos accueillant.
Pierre Malroy et Michèle.
Retour en France.

Repères chronologiques                                pages 155 à 156

**L'HARMATTAN, ITALIA**
Via Degli Artisti 15 ; 10124 Torino

**L'HARMATTAN HONGRIE**
Könyvesbolt ; Kossuth L. u. 14-16
1053 Budapest

**L'HARMATTAN BURKINA FASO**
Rue 15.167 Route du Pô Patte d'oie
12 BP 226
Ouagadougou 12
(00226) 76 59 79 86

**ESPACE L'HARMATTAN KINSHASA**
Faculté des Sciences Sociales,
Politiques et Administratives
BP243, KIN XI ; Université de Kinshasa

**L'HARMATTAN GUINÉE**
Almamya Rue KA 028
En face du restaurant le cèdre
OKB agency BP 3470 Conakry
(00224) 60 20 85 08
harmattanguinee@yahoo.fr

**L'HARMATTAN CÔTE D'IVOIRE**
M. Etien N'dah Ahmon
Résidence Karl / cité des arts
Abidjan-Cocody 03 BP 1588 Abidjan 03
(00225) 05 77 87 31

**L'HARMATTAN MAURITANIE**
Espace El Kettab du livre francophone
N° 472 avenue Palais des Congrès
BP 316 Nouakchott
(00222) 63 25 980

**L'HARMATTAN CAMEROUN**
BP 11486
(00237) 458 67 00
(00237) 976 61 66
harmattancam@yahoo.fr

574672 - Août 2014
Achevé d'imprimer par